AF220943

FSC
www.fsc.org

MIX

Papier aus ver-
antwortungsvollen
Quellen
Paper from
responsible sources

FSC® C105338

Auflage 1
September 2020

Autor: Wolfgang Müller, Lägge 4, 59757 Arnsberg
Copyright der gedruckten Ausgabe: © Wolfgang Müller
Copyright der E-Book Ausgabe: © Wolfgang Müller
Umschlaggestaltung: © Wolfgang Müller

Alle Rechte vorbehalten.
Unbefugte Nutzung wie etwa Vervielfältigung,
Verbreitung, Speicherung oder Übertragung,
können zivil- oder strafrechtlich verfolgt werden.

Herstellung und Verlag:
BoD – Books on Demand, Norderstedt

Bibliografische Information der Deutschen
Nationalbibliothek: Die Deutsche Nationalbibliothek
verzeichnet diese Publikation in der Deutschen
Nationalbibliografie; detaillierte bibliografische Daten sind
Im Internet über dnb.dnb.de abrufbar.

ISBN   9783751999977

Alex, Berti und Capone

Rindsroulette

Ein Sauerlandkrimi

Wolfgang Müller

1

Jörg Schneider steckte zwei Scheiben Toastbrot in den
altersschwachen Toaster. Dann deckte er, wie jeden
Morgen pünktlich um neun, den Tisch für eine Person.
Für sich.

Nicht dass es notwendig gewesen wäre, um Punkt neun
Uhr zu frühstücken. Nein, Jörg hatte keine Termine. Er
kannte nur wenige Leute hier im Dortmunder Norden.
Jörg brauchte einfach einen klar strukturierten
Tagesablauf. Seine ganze Erscheinung machte einen
ordentlichen Eindruck. Die braunen Haare immer sauber
frisiert. Kurz und mit ordentlichem Seitenscheitel. Das
Hemd bis zum obersten Knopf geschlossen, darüber
einen Pullunder mit großflächigem Salinomuster. Ein
Design, dem der Kabarettist Olaf Schubert zu neuer
Popularität verholfen hatte.

So hatte Mutter es geliebt.

Untenherum eine Kordhose. Nietenbuxen waren was für
Rocker und Hippies. Einen Schnäuzer hatte sie ihm
zugestanden. Den trug er, seit die Barthaare sprossen.
Und natürlich dünne Lederhandschuhe. Jörg hasste es,
ohne Handschuhe Dinge anzufassen, sogar zuhause.
Alles auf dem Frühstückstisch befand sich an seinem

angestammten Platz. Der Teller exakt drei Zentimeter vom linken Rand des abgewetzten Plastiksets, mit dem Max und Moritz Motiv. Ein Überbleibsel aus der Zeit, als seine Eltern noch lebten und Mutter für ihn sorgte. Das Messer, genau über Moritz Nase, daneben die Tasse nebst Untertasse. Der Löffel rechts neben die Tasse, im 45-Grad-Winkel. Das Nutellaglas, - er liebte Nutella -, mittig, oberhalb des Tellers.

Mit metallischem Scheppern gab der Toaster die leicht angebräunten Scheiben zum Verzehr frei. Draußen jaulte eine Polizeisirene durch die Straße, während die Kaffeemaschine mit asthmatischem Röcheln ankündigte, dass der Kaffee durchgelaufen war. Jörg goss sich vorsichtig ein. Er hasste es, wenn etwas vom Kaffee auf die Untertasse plemperte. Das konnte ihm leicht den Tag vermiesen. So, wie überhaupt alles, was nicht wie geplant ablief.

Er bestrich die beiden Toastscheiben mit Butter und dann mit reichlich Nutella.

So hatte Mutter es früher immer für ihn gemacht.

Dann biss er in den Toast und griff zur Kaffeetasse.

In dem Moment klingelte es an der Wohnungstür.

Erschrocken zuckte er zusammen. Etwas Kaffe plärrte auf die Untertasse.

Scheiße.

Noch nie hatte jemand um neun Uhr morgens bei ihm geklingelt. Nervös überlegte er, die Tassen in die Kaffeepfütze zu stellen, oder ein Küchentuch zu holen und darunterzulegen. Damit, augenblicklich diese banale Entscheidung zu treffen, war Jörg leicht überfordert. Sein Blick flog hin und her, zwischen Tasse, Küchenrolle und Haustür.

Wieder lautes Klopfen.

POCH, POCH, POCH!!!

Zitternd und jedes Geräusch vermeidend, entschied er sich dafür, die Tasse in die Kaffeepfütze zu stellen.

In der ihm eigenen, methodischen Art überlegte er hektisch, wer ihn jetzt möglicherweise besuchen wolle.

POCH, POCH, POCH!!!

Erneut hämmerte jemand gegen den Glaseinsatz der altmodischen Wohnungstür und hinderte ihn so, seinen Gedanken zu Ende zu führen.

»Schneider, ich weiß, dass du da bist!!! Ich habe Licht gesehen! Mach schon auf! Oder muss ich erst die Tür eintreten?!«

RUMS, RUMS, RUMS!!!

Das Klopfen wurde energischer. Jörg begann, sich um die Wohnungstür zu sorgen. Dieselbe, die schon die

Außenwelt draußen gehalten hatte, als seine Eltern noch hier wohnten.

»Ja, wer ist denn da?«, presste er heiser heraus.

»Igor schickt mich. -Naaaa? Klingelts?«

Das tat es tatsächlich. Igor Meier hatte ihm fünftausend Euro geliehen. Igor war hier im Viertel der Ansprechpartner, wenn die Geldinstitute einem die Freundschaft gekündigt hatten, man aber trotzdem schnell und unbürokratisch Geld brauchte und Jörg hatte Geld gebraucht. Er hatte geübt. Black Jack, oder 17 und 4, wie man hier sagte. Karten zählen, um so seine Chancen in der Spielbank Hohensyburg zu erhöhen. Das war der Plan. Jörg konnte gut mit Zahlen. Sein Gedächtnis war schon fast als fotografisch zu bezeichnen. Aber eben nur fast. Anfangs lief es eher schleppend und er machte Verluste. Dann aber, als sein Kapital oder besser gesagt, Igors 5000 Euro, bereits auf 2000 Euro zusammengeschmolzen war, begann er ein Gefühl für das Spiel zu entwickeln. Jörg gewann danach fast jedes Spiel. Es dauerte allerdings nur eine halbe Stunde, bis zwei, muskelbepackte, in dezente graue Anzüge gepresste Herren, ihm mitteilten, dass man es hier gar nicht schätzte, wenn jemand das Talent zum Karten zählen hätte, dass er doch bitte woanders spielen solle und man auch in Zukunft keinen gesteigerten Wert auf seine Anwesenheit in diesem Etablissement, lege.

Jörg verließ die Spielbank mit 2500 Euro und der Gewissheit, dass sein Plan Schwächen aufwies.

»Und bist du nicht willig, so brauch ich Gewalt!!«, tönte es aus dem Flur. »Nun mach schon auf Schneider! Meine Geduld ist endlich!!«

Jörgs Blick flog auf den Küchenkalender. Tatsächlich, gestern wäre die Rückzahlung fällig gewesen.

»Ja, ja, Moment, ich komme!«, rief er entschuldigend, erhob sich und schlurfte in der Gewissheit zur Tür, dass dieser Besuch nicht angenehm verlaufen würde.

Er entfernte die Sicherungskette aus der Halterung, öffnete vorsichtig die Tür und wartete mit geschlossenen Augen auf die, wie er vermutete, schmerzhaften Argumente des Geldeintreibers.

»Hirni??! Hirni bist du das?!?«

Jörg öffnete mit ängstlich verzerrtem Gesicht, vorsichtig die zusammengekniffenen Augen.

Vor ihm stand ein, in einen langen schwarzen Ledermantel gehüllter, hagerer Typ mit Glatze. Sein schmallippiger Mund wurde von einem typischen

Rausschmeißer-ich-hau-dir-in-die-Fresse-Bart eingerahmt. Die dunkle Sonnenbrille trug auch nicht gerade zur Vertrauensbildung bei. Aber trotzdem, irgendwie kam ihm der Typ bekannt vor. Ein jeden Finger des Brutalos zierte ein dicker Goldring. Unter dem blütenweißen Oberhemd eines hochpreisigen Herrenausstatters blitzte die obligatorische schwere goldene Kette hervor. Die dunkle Stoffhose endete knapp über handgefertigten schwarzen Lackschuhen. Aus der strahlend weißen Kauleiste funkelte ihm frech, ein in den rechten Schneidezahn eingelassener Brilli entgegen.

Plötzlich fiel es ihm, wie Schuppen von den Augen.

»Äh - Psycho?!«

»Ja sicher Alter! Kevin Jablonski in voller Lebensgröße! Mensch Hirni, ich wusste gar nicht, dass du noch immer hier in dieser Ranzbude wohnst! Hast dich gar nicht verändert!«

»Äh Kevin - komm doch rein.«

In Jörg keimte die Hoffnung, dass der Tag wohlmöglich doch nicht so schmerzhaft beginnen würde, wie er befürchtet hatte.

Sein alter Schulfreund Kevin. Damals, auf der Grundschule am Borsigplatz hatten sie die ersten fünf Schuljahre gemeinsam abgerissen. Gute dreißig Jahre musste das jetzt her sein. Jörg war von Anfang an Opfer verschiedenster Mobbingattacken gewesen. Körperlich eher schmächtig hatte er den kräftigeren Mitschülern wenig entgegenzusetzen. Dazu kam, dass er kontaktscheu war und schulisch zu den Überfliegern gehörte. Das kam bei den eher suboptimal begabten Rabauken nicht gut an. Sie verprügelten ihn, wo immer sie seiner habhaft werden konnten und nahmen ihm obendrein auch das ohnehin knapp bemessene Taschengeld ab.

Sein Mitschüler Kevin Jablonski war körperlich auch eher schmächtig, hatte aber eine Eigenschaft, die dieses Manko kompensierte. Aufgewachsen als Einzelkind in einer gutsituierten Doppelverdiener-Partnerschaft und im zarten Alter von einem Jahr in die Kita abgeschoben, war ihm in den prägenden ersten drei Lebensjahren, von den völlig überlasteten Kindergärtnerinnen, selten so etwas wie Liebe entgegengebracht worden. Daher mangelte es ihm später an jeglicher Form von Empathie. Niemand hatte ihm in der Kindheit beigebracht, Gefühle für andere zu entwickeln. Es hatte ihn schlichtweg keiner gelehrt, zu lieben. Dazu kam, dass er wegen eines Gendefekts vollkommen angstfrei war. Genau wie Jörg, war auch Kevin ein Einzelgänger. Jedoch jemand den man fürchtete. Eines Tages, auf dem Nachhauseweg wurde

Kevin Zeuge, wir Jörg erneut von der Kindergang verprügelt wurde. Im Grunde war es ihm egal, was mit Jörg passierte, aber als sie von Jörg abgelassen hatten, wurden sie auf ihn aufmerksam. Sie verpassten auch ihm eine Abreibung und stahlen sein Taschengeld. Noch am selben Tag lauerte er dem Anführer der Erpresserbande auf, schoss ihm mit seiner Steinschleuder die Vorderzähne raus, nahm ihm sämtliche Wertsachen ab, zerschmetterte mit einem Knüppel dessen rechte Kniescheibe und teilte ihm mit, dass er die andere Kniescheibe auch noch verlieren würde, sollte er mit den Erpressungen fortfahren oder jemandem von dieser schmerzhaften Begegnung erzählen. Seit dem Tag wurde er hinter vorgehaltener Hand nur noch Psycho gerufen, doch seine Mitschüler wagten es nicht, ihm in die Augen zu schauen. Die Einzelgänger Jörg und Kevin wurden so etwas wie Freunde, falls das für Kevin überhaupt möglich war. Nach der Grundschule wechselten sie beide auf das Gymnasium. Jörg, auf Grund seiner guten Leistungen, Kevin durch Protektion seines Vaters. Danach verloren sie sich aus den Augen. Jörg studierte Ingenieurwesen. Den guten Job in der Entwicklungsabteilung eines großen Autozulieferers hatte er allerdings vor ein paar Jahren, durch Mobbing der Kollegen, verloren. Seine Ersparnisse

waren mittlerweile aufgebraucht und er lebte von Harz 4.
Jörg litt an einer schwachen Form von Autismus und kam
mit anderen Menschen nur sehr schwer klar. Sein Tag und
seine Umgebung mussten strukturiert sein, sonst verlor er
sehr schnell den Überblick und wurde nervös.
Kevin Jablonski wollte damals seinen großen Traum
verwirklichen und Schauspieler werden. Er wechselte,
gegen den Willen seiner Eltern, auf die Schauspielschule
nach Köln. Dort lief es anfangs auch ganz gut für ihn.
Allerdings begann er mit der Zeit, wie sein großes
Vorbild Klaus Kinski, sich in seine Rollen extrem hinein
zusteigern, so dass Spiel und Wirklichkeit mehr und mehr
verschwammen. Ein Schauspielkollege, der ihn in einem
Theaterstück körperlich angehen musste, wurde nach der
Vorstellung mit gebrochenem Arm in einer Gasse neben
dem Theater aufgefunden. Kevin wurde daraufhin von
der Schauspielschule verwiesen. Der Vorfall sprach sich
herum und schaffte es sogar bis in die Boulevardpresse.
Danach war er für die Branche und auch für seine Eltern
gestorben. Er musste sich anderweitig durchschlagen.
Damals wurde Igor Meier auf ihn aufmerksam. Half ihm
mit Geld aus und brachte ihn so in Abhängigkeit. Er
erledigte einige schmutzige Jobs für Igor und wurde gut
dafür bezahlt. Das war vor mehr als dreizehn Jahren.

Ächzend ließ sich Kevin am Küchentisch nieder und scannte blitzschnell die ärmliche Einrichtung.

»Mensch Hirni, was ist los? Du warst doch damals der Schlaueste der ganzen Schule.«

Jörg erzählte, wie grausam das Schicksal in den letzten Jahren mit ihm umgesprungen war. Dann berichtete er, dass er kurz davor sei, die Spielbank Hohensyburg um viel Geld zu erleichtern, dass er aber noch ein wenig Zeit und eine gute Verkleidung bräuchte, die Idee in die Tat umzusetzen.

»Hör mal zu Keule, falls du es noch nicht geschnallt hast - du hast ein massives Finanz-und Gesundheitsproblem. Du schuldest Igor 5000 Euro zuzüglich zehn Prozent Zinsen pro Woche. Das machte bis gestern, summa summarum, 6500 Euro, und das Taxameter tickt erbarmungslos.«

Jörg beobachtete mit Schrecken, dass Kevins rechtes Augenlid begann, nervös zu zucken. Siedend heiß schoss ihm die Erinnerung durch den Kopf, dass das damals, auf der Schule, ein untrügliches Zeichen dafür war, dass gleich Blut fließen würde.

»Ich weiß, ich weiß, Psycho - äh ich meine Kevin«,

wiegelte Jörg ab.

Kevin winkte ab. »Psycho ist schon in Ordnung, passt zu meinem Ruf. Ein schlechter Ruf ist Gold wert in meiner Branche. A pros pros Branche, eigentlich bin ich gekommen, um dir richtig weh zu tun, falls du nicht zahlen kannst. Und glaub mir Hirni, das hatte ich auch vor.«

Jörg horchte, bei dem Wörtchen *hatte* auf und schaute seinen alten Kumpel mit flehenden Dackelaugen an. Emotionen vom Gesicht abzulesen, war allerdings nicht Kevins Stärke.

»Psycho bitte, ich brauche noch etwa zwei Wochen, dann hab ich das Geld!«

»Die Botschaft hör´ ich wohl, allein mir fehlt der Glaube.«

Jörg schaute Psycho fragend an.

»Da staunst du, was? Das war aus Goethes Faust, Vers 765.«

»Du hast es tatsächlich geschafft? Das mit der Schauspielerei?«, fragte Jörg erstaunt.

»Hast du vom alten Psycho was anderes erwartet? Klar, ich war in Köln auf der Schauspielschule.«

»Und jetzt treibst du für Igor Geld ein? Wie passt das zusammen?«

»Die Schauspielerei ist ein hartes Brot Hirni, ein verdammt hartes Brot. Die haben einfach mein Talent nicht erkannt, die Idioten in Köln.«

Jörg nickte beifällig.

»Pass auf, um der alten Zeiten willen, und weil ich für ein todsicheres Ding einen zweiten Mann wie mich, also einen mit Hirn brauche. Ich streck dir die Kohle vor. Igor muss davon ja nichts wissen. Wenn alles klappt, bist du bald um locker 40 bis 50.000 Euroletten reicher. Dann kannst du sogar ganz entspannt deine Spielbanknummer durchziehen.«

Jörg schaute Kevin skeptisch an.

»Ein todsicheres Ding? Meist du etwa was Kriminelles?!«

»Na ein Besuch im Zoo wird`s sicher nicht. Aber ein bisschen kriminelle Energie scheint bei dir ja vorhanden zu sein, wenn ich an deine Idee mit dem Kasino denke. Hast du `nen Führerschein?«

»Logisch.«

»Kannst du ein Auto kurzschließen?«

»Klauen?!! **Ich soll ein Auto klauen?!!**«

»Sag mal Alter, ich reiche hilfreich dir die Hand, zu retten dir das Leben und du scheißt dir in die Hose, wenn du ein verschissenes Auto knacken sollst?«

Jörg schaute seinen alten Freund unsicher an.

»Ich weis nicht.«

»Hör ma zu Alter. Eigentlich lägest du jetzt hier, mit gebrochenem Arm in deiner popeligen Küche und könntest dich die nächsten Tage aus der Schnabeltasse ernähren!«

»Das würdest du tun?!«

»Warum denn nicht? Das ist mein Job, Hirni. Ich mach dass täglich und es macht mir sogar Spaß!«
Jörg schaute Kevin entsetzt an.

»Aber wir waren doch Freunde.«

»Deshalb mache ich dir ja dieses überaus großzügige Angebot. Also was ist jetzt? Knochen knacken oder Auto knacken?«

»Auto knacken? Sowas macht man heute nicht mehr. Wie ich dir eben berichtet habe, arbeitete ich bis vor ein paar Jahren bei einem großen Autozulieferer. Ich habe dort Wegfahrsperren entwickelt.«

»Jetzt hast du es verstanden! Das ist der Hirni, den ich kannte. A pros pros Hirni. Ich erzähl dir jetzt mal, was ich vorhabe und du klopfst den Plan auf Schwachstellen ab. Denken Hirni, das war doch immer dein Ding, oder? Sag mal, was ist eigentlich mit deinen Händen? Warum trägst du zuhause Handschuhe?«

»Das ist meine Sache.«

2

Oswald Schaller setzte den Blinker und bog nach links von der L544 ab. Der Weg wurde jetzt holpriger und war kaum mehr von der Wiese zu unterscheiden. Nach etwa 400 Metern, versteckt hinter einem kleinen Buchenwäldchen, latschte er auf die Bremse und brachte den Wagen schlitternd zum Stehen.

Er kletterte aus dem alten, rostigen Land Rover, knallte die Tür zu und streckte gähnend die Arme zur Seite, um seine Muskeln zu lockern. Auf der Beifahrerseite schälte sich Richard Mahlmann aus dem Wagen. Seine auffällig blau gefärbte Igelfrisur leuchtete in der Sonne. Prüfend blickte er zu dem 100 Quadratmeter großen, eingezäunten Stück Weide, vor dem Ossies Wagen zum Stehen gekommen war.

Die Weide gehörte seit ewigen Zeiten zu Bauernhof von Oswalds Familie.

Als sein Vater vor zehn Jahren gestorben war, wurde Ossie, wie ihn im Dorf alle nannten, Chef auf dem Hof, den sie bis dahin auch nur noch im Nebenerwerb bewirtschafteten. Der landwirtschaftliche Betrieb warf so wenig ab, dass Oswald die Felder schon seit Jahren an Fritz Hausstein verpachtet hatte, einen Schweinezüchter aus seiner Nachbarschaft. Oswald hatte den Beruf des Fernsehtechnikers erlernt und arbeitete halbtags in der Reparaturabteilung eines Elektronik-Discounters in Neheim.

»Das wird ein hartes Stück Arbeit, Ossie! Die rostigen Drähte müssen alle erneuert werden!«

Richie deutete nach oben, wo, wie auf einem Fußballfeld, ein Kameraschlitten an Drähten aufgehängt war. An allen vier Ecken des eingezäunten Feldes hatten sie vor Monaten in mühevoller Arbeit massive Rundhölzer einbetoniert. Auf jedem der Stämme war eine kleine, elektrische Seilwinde montiert, von der aus ein Drahtseil zu dem Kameraschlitten führte. Mit einer elektronischen Steuerung, die er selbst entworfen hatte, konnte Oswald die vier Seilwinden ansteuern und so, mittels eines Joysticks, die Kamera zu jedem beliebigen Punkt über dem eingezäunten Stück Weide fahren.

»Ja, wir hätten sofort Edelstahldrähte nehmen sollen. Aber hinterher ist man immer schlauer.

Richie holte die Kletterausrüstung mit den schweren Steigeisen aus dem Wagen und bereitete sich auf den Aufstieg vor. Er war gelernter Uhrmacher. Sie kannten sich schon seit der Grundschule. Richie war im Moment arbeitslos, so dass er für die Erschließung und Pflege ihrer neuen Geldquelle die nötige Zeit aufbringen konnte.

»Wie läuft denn dein Reparaturservice?«

»Geht so!«, antwortete Richie, während er sich die Steigeisen an die Füße schnallte. »Seit ich die Webseite gestartet habe, ist es etwas besser geworden, mit Aufträgen. Standuhren, ja sogar eine Kuckucksuhr wollte jetzt jemand repariert haben.«

»Ist doch super!«

»Na ja, einerseits schon, aber viele der Kunden wollen eine Rechnung und deshalb muss ich die Sache bald offiziell machen, um keinen Ärger mit dem Finanzamt zu bekommen. Und dann lohnt die Sache kaum noch. Du weist doch, wer dann plötzlich alles die Hand aufhält und was für einen Wust an Vorschriften du beachten musst. Das kann einem das Selbstständigmachen ganz schön verleiden. Die Brüder vom Finanzamt schauen bei den kleinen Steuersündern auch immer ganz genau hin. Wenn du Milliarden an denen vorbeischleußt, bist du schon eher auf der sicheren Seite.«

»Du meinst die Cum-Ex Geschäfte, die bald verjährt sind. Ja, da muss ich dir Recht geben.«
Richie schnallte sich den Werkzeuggürtel um und begann, den ersten Mast hinaufzuklettern. Drei Stunden später hatten sie das letzte rostige Drahtseil ausgetauscht und die Anlage lief wieder einwandfrei.

Richie hing noch oben, in etwa zehn Meter Höhe und ließ seinen Blick über die Sauerländer Berge schweifen. In südlicher Richtung erkannte er ein paar Häuser der Gemeinde Hövel.

Hinter sich, verdeckt durch dichten Buchenwald hörte er die schweren Maschinen des nahen Steinbruchs arbeiten. Einige Windräder drehten sich langsam und ein Fessel-ballon schwebte in einiger Entfernung vorbei.

Dann fiel ihm ein PKW auf.

»Ossie! Wir werden beobachtet!«

»Was?«

»Da hinten parkt ein schwarzer BMW an der Land-straße. Zwei Typen stehen daneben.«

»Sicher irgendwelche Pilzesucher.«

»Zum Pilzesuchen braucht man aber, soweit mir bekannt ist, kein Fernglas.«

»Vielleicht Vogelbeobachter?«

»Hätt ich Flügel, würd ich dir recht geben!«

»Ja, mit deinen blauen Haaren gingest du glatt als Blau-meise durch. Du glaubst, die spionieren uns nach?«

»Ich bin sicher, wenn ich denen jetzt den Stinkefinger zeige, kommt eine Reaktion. Die haben mich genau im Blick!«

»Ich geh mal rüber und frage, was die wollen.«

Richie beobachtete, wie sich sein Freund den Fremden langsam näherte. Als die beiden ihn bemerkten, sprangen sie schnell in den Wagen und brausten davon.

Enttäuscht kehrte Ossie zurück.

»Na die hatten`s aber plötzlich ganz schön eilig!«, rief Richard, der gerade den Mast wieder heruntergeklettert war. »Hast du das Nummernschild erkannt?«

»Nee, die waren schon zu weit weg, aber ich hab ein Scheiß Gefühl bei der Sache.«

»Warum? Wir machen hier doch nichts Illegales.«

»Bist du dir da wirklich sicher?«

»Nun mach dir mal nicht ins Hemd. Kommendes Wochenende ist erstmal Schützenfest. Da machen wir richtig einen drauf.«

»Da kannste einen drauf lassen, Richie. A pros pros Schützenfest. Der Alex baut doch dieses Jahr wieder den Vogel. Lass uns gleich mal bei ihm in der Werkstatt vorbeifahren und die Krähe beäugen.«

3

»Hotte, heb ihn hinten noch etwas an! Ja gut. So, jetzt
langsam schieben - o.k. ich hab ihn!«
Wir schleppten gerade das letzte Möbelstück einer Haushaltsauflösung von Hottes Pickup in meine Werkstatt. Bis
auf einen schönen Schrank und diesen Schreibtisch war
das meiste in einem Müllcontainer gelandet, aber diese
beiden Stücke verdienten eine nähere Betrachtung.
Ach - ich vergaß, mich vorzustellen. Mit vollem Namen
heiße ich Alexander Hackenberg. Meine Freunde sagen
Alex, weil`s kürzer ist.
Ursprünglich hatte ich mal den Beruf des Schreiners
erlernt. Mein Vater besaß in Herdringen, im schönen
Sauerland, eine kleine Schreinerei. Ich sollte damals in
seine Fußstapfen treten. Damals, das waren die Siebziger.
Lange Haare, Schlaghosen, Deep Purple auf dem
Plattenteller und einmal im Monat in die Schützenhalle
zur Disco, Weiber angraben.
Zwanzig Jahre später war aus der Schreinerei ein mehr
schlecht, als recht laufender Antiquitätenhandel
geworden. Ich setzte Bauch an und meine erste Frau war
in den Süden gezogen, um sich selbst zu finden. Ich
vermute, sie sucht noch immer. Dann kam Babsi. Auch

sie hatte eine Enttäuschung hinter sich. Schnell waren wir uns einig, dass wir für eine feste Bindung nicht geschaffen seien und jeder seinen Freiraum brauche.

Wir zogen trotz unsere Bedenken zusammen. Das war vor 15 Jahren.

Der Große, Stämmige, mit dem Pickup ist Hotte, mein bester Freund. Wenn Sie einen guten Mechaniker für ihren PKW oder Trecker suchen, dann ist Hotte ihr Mann.

»So Alter, ich muss dann mal wieder in meine Werkstatt. Du hast mich heute schon viel zu lange aufgehalten!«

»Danke Hotte, ich machs wieder gut!«

Hotte winkte kurz, startete die schwere Dreieinhalb-Liter-Maschine seines 53er Chevy und jagte vom Hof.

Mein Hof, das ist eine große Schotterfläche, direkt an der L544, die hier mitten durchs Dorf führt.

Ich trottete zurück in die Scheune und öffnete die Tür zu dem kleinen Büro. Das Hauptquartier des Antiquitätenhandels und meiner Detektei.

Viel gab es für meine Spürnase nicht zu tun. Ab und an ein untreuer Ehemann, den es zu beschatten galt und

ähnliche, eher langweilige Jobs. Obwohl, vor ein paar
Wochen hatten wir schon einen sehr gefährlichen Fall, bei
dem es sogar mehrere Tote gab.

Oh - jetzt habe ich Wir gesagt. Das ist nun etwas schwierig zu erklären. Also da gibt es zum einen Capone, einen
kleinen, fetten und nicht sonderlich beißfreudigen Mops.
Er war der Liebling des Drogenhändlers Manni Kasulzke,
der während des eben erwähnten Falls erschossen wurde.
Der Mops hatte sich damals mit meinem Mitarbeiter
angefreundet, mit Berti.

So und jetzt wird es wirklich schwierig. Aber ich sag`s
mal, wie es ist.

Berti ist ein Geist.

Moment! Bevor Sie jetzt ungläubig den Kopf schütteln,
sollten Sie mir weiter zuhören.

Berti war einfach plötzlich da. Er entstieg einem alten
Schreibtisch, der vor etwa 400 Jahren einem Arnsberger
Hexenrichter gehört hatte. Der Geist Berti, fläzte sich
also plötzlich in meinem bequemen Ledersessel und
furzte ausgiebig hinein.

Der Richter hatte Berti in Anröchte, bei einem seiner
Hexenprozesse, zu Tode foltern lassen. Berti schaffte es
damals, also in dem Moment, wo er den Löffel abgab,
nicht, das helle weiße Licht, am Ende des Tunnels zu

26

erreichen und fuhr stattdessen in den besagten Schreibtisch.

Niemand außer mir kann Berti sehen oder hören. Nicht
weil ich etwa besondere Fähigkeiten, oder einen an der
Waffel habe, nein einfach nur, weil Berti es so will. Also,
wie ich schon sagte, niemand außer mir, kann Berti sehen
oder hören, aber jeder kann riechen, wenn er einen seiner
Darmwinde, wie er das so liebevoll umschreibt, entwei-
chen lässt.

Jetzt werden Sie sagen, na ja, das ist nicht weiter schlimm.
Weit gefehlt. Seine Darmwinde spotten jeder Beschrei-
bung. Mir ist bisher noch nie ein annähernd vergleich-
barer, ekeliger Geruch untergekommen.

Berti geht davon aus, dass ich jetzt für ihn verantwortlich
bin. Er überhört jeglichen Einwand meinerseits und
wohnt seit dem in meiner Antiquitätenscheune. Zu seiner
Verteidigung muss ich sagen, dass ich den letzten Fall,
den mit den Drogenhändlern, ohne ihn nicht gelöst hätte.
Inzwischen habe ich mich an Berti gewöhnt und möchte
ich ihn gar nicht mehr missen.

Ja, so trat Berti in mein Leben. Er unterstützt mich bei
meinen Ermittlungen, kümmert sich um Capone und
bemüht sich sogar, nicht allzu sehr zu nerven. Er lernt

gerade, Dinge zu greifen, was schon ganz gut klappt und mich total erstaunt hat, da ich ohne weiteres durch ihn hindurchsehen und fassen kann. Ach ja, rauchen tut er auch. Ich habe niemandem von Berti erzählt, selbst Babsi nicht. Man würde mir sowieso nicht glauben.

Aber zurück zu diesem Morgen, als alles irgendwie begann. Ich ließ mich in meinen Sessel fallen und blickte zu Berti herüber. Der saß in seinem eigenen Sessel, kraulte Capone den faltigen Nacken und qualmte.

»Hast du Lust, dir mit mir die neuen Möbel anzusehen?«

»Klar Alex, sehr gerne!«, antwortete er mit seiner tiefen Stimme.

In der Werkstatt nahmen wir uns zuerst den Schreibtisch vor. Die Schubladen enthielten einiges an Papierkram.

»Wem hat der Schreibtisch gehört, Alex?«

»Einer alten Dame aus dem Nachbarort. Sie hatte keine lebenden Verwandten mehr und daher alles der Kirche vermacht. Die hat mich dann mit der Haushaltsauflösung beauftragt. Ich konnte selbst entscheiden, was ich behalten möchte und was nicht. Hauptsache das Haus der alten Dame würde schnell geleert, um es zu verkaufen.«

Ich zog sämtliche Schubladen heraus und inspizierte den

Schreibtisch auf eventuelle Geheimfächer, die in diesen alten Möbelstücken häufig zu finden waren. Die Rückwand machte mich stutzig.

»Sieh mal Berti, die Schublade hier müsste eigentlich zehn Zentimeter länger sein. Da ist ein wenig zu viel Luft dahinter.«

»Lass mich mal schauen.« Berti machte es sich als Geist sehr einfach mit der Untersuchung. Er ging einfach langsam durch den Schreibtisch hindurch und schaute sich jede Stelle genau an. So blieb ihm nichts verborgen.

»Hier sind Briefe Alex. Ein ganzer Stapel, mit einer rosa Schleife drum.«

Ich langte mit dem Arm hinter die Schublade, zog den Stapel heraus und brachte ihn ins Büro. Nachdem wir die Schleife entfernt hatten, war mir sofort klar, dass es sich um sehr persönliche Korospondenz der alten Dame handeln musste.

»Weist du was, die schauen wir uns nach dem Schützenfest genauer an. Ich muss mich jetzt dringend um den Vogel kümmern, sonst haben die am Montag nichts, auf das sie schießen können.«

Ich nahm den Stapel Briefe und schob ihn an den Rand des Schreibtischs.

In dem Moment knirschte draußen Schotter auf dem

Parkplatz. Ein Wagen hielt vor der Scheune. Zwei Türen schlugen zu, dann erschienen Ossie und Richie im Büro.

»Hey Alex! Altes Haus, was macht der Schützenvogel? Hast du die Krähe schon fertig?«

»Hey ihr beiden! Alles klar bei euch? Ihr wollt den Vogel sehen? Dann kommt mal mit.«

Als Dorfschreiner war mir, wie jedes Jahr, die Aufgabe zugefallen, den Vogel fürs Schützenfest zu bauen. Hier in Herdringen schossen wir auf eine Krähe. Den Wappenvogel unseres Dorfes.

Ich führte die beiden in meine Werkstatt, wo ich den Vogel an drei Seilen aufgehängt hatte, um ihn in Ruhe bemalen zu können.

»Suuuper, Alex! Echt geil das Teil!!«, lobten beide auf Anhieb die Krähe.

Berti stand, ohne dass sie es bemerkten, neben den beiden und starrte auf Richies blau gefärbte Haare.

»Was hat der denn für `ne Seuche, Alex?«, prustete er los. Berti schüttelte sich vor Lachen und entließ versehentlich einen seiner berüchtigten Darmwinde in die Freiheit.

Richie, der Berti, ohne es zu wissen am Nächsten stand, war so überwältigt von dem bestialischen Gestank, dass er vorwärts taumelte und sich die Nase zuhielt. Dabei verlor er das Gleichgewicht und riss den Vogel mit sich. Beide landeten krachend auf dem Boden. Richie prellte sich eine Rippe, die Krähe lag in Trümmern da.

»Puh, wo kommt denn plötzlich der Gestank her!«, rief Ossi entsetzt. Richie hielt sich stöhnend die Rippe und wusste nicht, was schlimmer war. Der Schmerz oder der Geruch.

»Oh scheiße!«, rief ich entsetzt und deutete auf die vollkommen zerstörte Krähe. »Gleich will der Schützenvorstand den Vogel abholen!«

»Tut mir leid Alex, aber der Geruch, du verstehst?«

»Schon gut, nicht deine Schuld«. Tadelnd blickte ich Berti an. »Aber jetzt wird`s eng.«

»Ich konnte nix dazu, der sieht aber auch schräg aus, woll«, versuchte Berti sich zu entschuldigen.
Ich schaute mir die Überreste des Vogels genauer an. Das würde sicher ein paar Tage dauern, den Flattermann zu reparieren und dann noch zwei Tage für die Bemalung.
»Wenn ich das Ding bis Montag vor dem Schießen fertigkriege, kann ich froh sein.«

»Tut uns echt leid Alter, wirklich. Wenn du Hilfe brauchst - ».

»Nee lasst mal, ich krieg das schon hin.«

»Na gut Alex. Wir gehn dann besser mal wieder.«

»Jau, machts gut Jungs.«

Während die beiden die Scheune verließen, machte ich mich daran, die Überreste der Krähe zu sichten. Berti verzog sich schuldbewusst ins Büro und blättert in den Liebesbriefen der verstorbenen Dame.

»Hallo? Jemand im Laden?!!«, schallte es durch meinen Verkaufsraum. Drei Schützenbrüder in Uniform, begleitet von einer Pressefotografin, öffneten die Tür zu meinem Büro.

»Hey Alex! Wo ist das gute Stück?«, rief Schützenhauptmann Hannes Berger erwartungsvoll.

Jetzt hatte ich ein Problem.

»Hallo Hannes, ihr kommt, um den Vogel zu besichtigen?«

»Eigentlich wollten wir ihn gleich mitnehmen«.

»Das dürfte schwierig werden. Er ist eben bei einem Probeflug abgestürzt.«

»Ja nee, is klar. Komm zeig uns das Prachtstück. Die Presse ist auch schon ganz neugierig.«

»Nee Hannes, kein Scheiß.«

Ich führte die Bande in meine Werkstatt und erklärte ihnen, dass ein schwerer Schrank auf den Vogel gekippt sei, ich ihn aber bis Montagmorgen fertig hätte.

»Oh, das Tierchen sieht aber übel aus!«, meinte Regina Schnatmann, die Reporterin der hiesigen Tageszeitung entsetzt, als sie den kaputten Vogel erblickte.

»Und was nun? Morgen soll der Bericht in der Zeitung stehen.«

Regina schaute sich den Trümmerhaufen an und meinte das sei kein allzu großes Problem.

»Ich mache jetzt ein Gruppenfoto von euch, fotografiere einfach die Einzelteile und setze sie dam am Computer zusammen. Ich montiere den Vogel einfach darüber.«

Nachdem wir uns vor der Scheune aufgestellt hatten, schoss Frau Schnatmann ihr Foto. Dann versammelten wir uns in meinem Büro und tranken wir noch einen Kaffee.

»O.k. Alex, und du kriegst das bis zum Schießen am Montagmorgen hin, mit der Krähe??«, fragte unser Schützenhauptmann mit besorgtem Unterton.

»Kein Problem Hannes, muss ich eben ein paar Nachtschichten einlegen«, übertrieb ich den Arbeitsaufwand leicht.

»Super! Dann präsentieren wir den neuen Vogel, während wir Montag zur Vogelstange marschieren«, antwortete Hannes beruhigt.

4

Ich, Berti und Capone absolvierten unseren täglichen Abendspaziergang, damit Capone seine Geschäfte erledigen konnte. Wie immer musste ich mit, da es sonst so ausgesehen hätte, als ginge unser Mops alleine Gassi. Ich hatte mich mittlerweile daran gewöhnt und meiner Gesundheit tat ein wenig Bewegung sicher auch ganz gut.

»Schau mal Alex, da drüben scheint ja mächtig was los zu sein.«

Berti deutete auf eine Scheune, am Dorfrand, etwas zurückgesetzt hinter einem Wäldchen gelegen.

»Das ist Ossis Scheune. Seit neuestem veranstaltet er dort jede Woche irgendwas, aber Genaues weiß ich nicht.«

»Das sieht mir nach `ner größeren Lustbarkeit aus. Sieh nur, die ganzen Eisenkutschen, die da herumstehen.«

Lustbarkeit? Ich schaute Berti grinsend an. Der mit seinen alten Ausdrücken. Aber gut, 400 Jahre hinterließen ihre Spuren in der deutschen Sprache.

»Komm, lass uns mal schauen, was dort los ist.«

»Wie du weist, muss ich noch am Vogel arbeiten. Aber du kannst ja allein hingehen. Ich nehme Capone mit zurück.«

»So soll es sein Alex. Ich bin ja schließlich alt genug«,

meinte Berti grinsend und verschwand in Richtung Scheune, während ich mich auf den Rückweg machte.

»Meine Damen und Herren, darf ich um Ihre Aufmerksamkeit bitten! Die Verkaufstheke ist ab sofort geöffnet!«, schallte Ossies Stimme durch die Scheune. »In der nächsten halben Stunde können wieder Schnapsfläschchen gekauft werden!«

Berti hatte, von allen unbemerkt, die Scheune durch die geschlossene Tür betreten. Dichter Zigarettenrauch schwängerte die Luft. Das Licht eines Beamers zerteilte den Qualm und projizierte eine Art Schachbrettmuster auf eine große Leinwand, welche am Rand mit Buchstaben von A bis J und Zahlen von 1 bis 10 versehen war, wie ein Koordinatensystem.

Neugierig betrachtete Berti die in Grüppchen herumstehenden Besucher. Bauern in mit lehmverschmierten Gummistiefeln neben Geschäftsleuten in edlem Zwirn. Alle tranken die eben gekauften Schnäpse und gestikulierten angeregt in Richtung des Schachbrettmusters. Irgendwie erschloss sich ihm der Sinn der Veranstaltung nicht. Dazu fehlte es Berti an grundlegenden Kenntnissen über die Gesetzgebung zum Thema Glücksspiel. Neugierig schob er sich an den Verkaufsschalter heran, hinter dem Ossie auf einem ramponierten Barhocker thronte und über eine kleine Theke hinweg seine Schnapsfläschchen verkaufte. Hinter ihm, auf einer elektronischen Anzeige war nochmals das Schachbrettmuster dargestellt. Immer wenn ein Feld durch einen Tipp belegt war, wurde es durch ein x und den Namen des Zockers gekennzeichnet.

»Hallo der Herr, womit kann ich dienen?«, fragte Ossie den unschlüssig dastehenden jungen Mann im blauen Trainingsanzug mit dezenten, weißen Streifen an den Seiten.

»Äy Alter! Ich möcht` voll die krasse Scheißwette machen ey! Für hundert Euroletten.«

»Das erste Mal hier?«, fragte Ossie grinsend.

»Äh, ja, ey Alter, is das Problem, ey?.«

»Na pass ma auf. Ich erklär dir kurz, wie das abläuft. Du kaufst bei mir ein Fläschchen für 100 Euro und sagst mir deinen Namen und die Koordinaten deiner Wette«. Dabei deutete Ossie auf das projizierte Schachbrettmuster.

»Hundert Euro für son beschissenes kleines Fläschchen Alter?«

»Jau.«

»Is aber krass teuer! Ich will nix trinken, sondern nur-»

»Is mir durchaus klar, Keule«, unterbrach Ossi den jungen Mann. »Wenn ich Geld für deine Wette nähme, wäre das illegal, verstehst du? Stattdessen verkauf` ich dir so `n kleines lecker Pülleken für den, wie du richtig geschnallt hast, absolut unverschämten Preis von einhundert Euro.«

Über das Gesicht des jungen Mannes legte sich langsam, aber beständig ein verstehendes Grinsen.

»Ey you ey! Voll krass schlau, Alter!«

»Sag ich doch. Welche Koordinaten?«

»Nix Koordinaten Mann, B5 will ich.« empörte sich der junge Mann und knallte einen Hunderter auf die Theke.

»Name?«

Er nannte seinen Namen und Ossie notierte auf seinem Zettel die Koordinaten.

Eine Kopie des Zettels reichte er dem Kunden.

»Der Nächste bitte!«

»Wie viel Püllekes sind in sonem Karton, Meister?!«

»Dreißig Stück, der Herr, Sie können aber leider nur einen Tipp abgeben«

»Jau, dann nehm ich eben nur eine Pulle.«

»Das macht dann einhundert.«

Der Mann legte den grünen Schein auf den Tresen.

»Ist C9 noch frei? C9 gewinnt, ich hab`s im Urin.«

»Ja, Sie haben Glück, C9 ist noch frei«, meinte Ossie grinsend und übergab die Kopie des Zettels an den begeisterten Wetter.

Jetzt hatte auch Berti so einigermaßen verstanden, worum es hier ging.

Nach einer halben Stunde hatten alle Gäste ihre Wetten abgegeben und Ossie meldete sich zu Wort.

»Meine Damen, meine Herren, alle Felder sind belegt. Ich darf Ihnen jetzt die gesamt Gewinnsumme mitteilen, sollte jemand den richtigen Tipp abgegeben haben. Fünftausend Euro winken dem glücklichen Gewinner! Sollten mehrere Leute gewinnen, wird geteilt, aber das kennen die meisten unter Ihnen ja bereits. Wollen wir hoffen, dass Liselotte heute gut zielt.«

Ossie hielt sich sein Handy ans Ohr.

»Ritchie!? Bist du vor Ort?! Ja?!. Super, du kannst beginnen!«

Das Bild des Beamers änderte sich. Jetzt sahen die Wettteilnehmer eine in Flutlicht getauchte Wiese aus der Vogelperspektive. Rechts am Gatter stand ein Pferdetransporter mit geöffneter Klappe. Ritchie trat neben den Transporter und zog ein Eisenrohr heraus, welches die Kuh Henriette am Verlassen des Transporters gehindert hatte.

Das Gras auf der Wiese war frisch nachgewachsen und wirkte verlockend auf das Rindvieh. Übermütig sprang die Kuh aus dem Transporter und tollte ausgelassen, in Rodeomanier über die Wiese. Nach ein paar Minuten beruhigte sich das Tier und begann friedlich zu grasen. Ritchie steuerte den Kamerawagen direkt über die Kuh. In der Scheune war die Stimmung zum Zerreißen gespannt. Henriettes Hinterteil befand sich momentan über dem Feld J6.

Ossie und Ritchie veranstalteten dieses Event jede Woche und schütteten immer die Hälfte der Einnahmen als Gewinn wieder aus.

Ossie ergriff sein Mikrofon und begann wie ein ausbebuffter Sportreporter zu kommentieren.

»J6, J6 Henriette grast und J6 ist jetzt ein möglicher Gewinner! Immer noch J6, nein jetzt ein fliegender Wechsel zu G7, H7, F8. F8, ja sehe ich ein Heben ihres Schwanzes? Eine Steilvorlage??!!! Neiiiin - falscher Alarm! Jetzt geht sie weiter! Henriette! Lass es laufen!!! Da! E8, D8, C8 und jetzt ein Ausfallschritt! Tatsächlich! Henriette grast von B7 nach B6!«

Bertie fieberte mit. Er hatte sich unter die Leute gemischt und schaute gebannt auf die projizierte Wiesenfläche. Ständig schallte enttäuschtes Raunen oder euphorisches

Geschrei durch die Scheune, wenn die Kuh ihren Standort wechselte.

Ossie kommentierte das Geschehen weiter, wie Heribert Faßbender in seinen besten Jahren.

»Da! B3!!!! B3!!! Henriette macht den Sack zu!! Sie hat geschissen!!! B3 hat gewonnen!!! B3!!!«, schallte seine Stimme ausgelassen durch die Scheune. »Der glückliche Gewinner zu mir bitte!!!«

Zufrieden ließ Ossie seinen Blick durch die Scheune schweifen. Der Abend war ein voller Erfolg. Henriette hatte ihren Schiss sauber in Feld B3 gesetzt, so dass es nicht notwendig war, den Gewinn zu splitten, was bei den Wettteilnehmern nie so gut ankam.

Während er den Gewinn bereitlegte, fielen ihm zwei Asiaten auf, die aufmerksam den Wettbetrieb beobachteten. Er hatte das Gefühl, dass es dieselben Männer waren, die ihn und Ritchie heute Morgen auf der Weide, so neugierig beobachtet hatten.

Eine halbe Stunde später hatten fast alle Teilnehmer die Scheune verlassen.

»Tschüss Ossie!«, sagte Horst Kimmel und winkte.

»Ich hoffe, beim nächsten Mal haben wir mehr Glück!«, ergänzte seine Freundin Kim lachend, während sie auf den Ausgang zusteuerten.

»Ganz sicher Kim! Sehen wir uns auf dem Schützen-fest?!«

»Was denkst denn du? Na sicher kommen wir!«, rief Horst beim Hinausgehen und winkte Ossie zum Abschied zu.

Aus den Augenwinkeln sah Ossie die beiden Asiaten auf sich zukommen. Trotz, oder wohl eher wegen ihrer dunk-len Nadelstreifenanzüge, machten sie einen etwas halb-seidenen Eindruck.

»Meine Herren? Was kann ich für sie tun?«

»Mein Name ist Chang«, antwortete der Fremde und deutete auf seinen Begleiter. »Das mein Kollege Baihu.«

»Schaller mein Name. Kann es sein, dass wir uns heute schon mal begegnet sind?«

Der Mann, der sich Chang nannte, überhörte die Spitze mir reglosem Pokerface.

»Ein beeindluckendes Geschäft, das Sie hiel betleiben, Hell Schallel.«

»Danke.«

»Abel dulchaus noch ausbaufähig.«

»Ausbaufähig? Ich glaube, ich kann Ihnen nicht so ganz folgen.«

»Wil Sie beobachtet. Wil schätzen, Sie heute Abend etwa 4500 Euro übel gemacht haben.«

»Übel? So übel finde ich das gar nicht.«

Die beiden Typen waren Ossie unsympathisch und er konnte sich die Antwort nicht verkneifen, staunte aber innerlich über die ziemlich genaue Einschätzung seines Gewinns. Der Chinese überhörte die Beleidigung.

»Wil ein global tätiges Untlenehmen der Glücksspiel-blanche veltleten.«

»Das ist schön für sie, aber ich komme gut allein klar.«

»Davon wil übelzeugt, wil aber könnten helfen, Ihle Gewinne zu steigeln.«

»Wie ich schon sagte, ich komme gut alleine klar.«

»Ist Ihle Entscheidung.«

Chang wandte sich an seinen Begleiter Baihu und deutete auf die Holzwände der alten Scheune. Dann flüsterte ihm Baihu etwas ins Ohr.

»Herr Baihu sagt, Sie Blandschutz etwas genauel nehmen sollten. Wie schnell so ein schönes Gebäude kann blennen.«

»Wollen Sie mir etwa drohen?!«

»Probleme, Ossie?!«

Ossie schaute sich um und erblickte Horst Kimmel und seine Freundin Kim, die anscheinend noch nicht gegangen waren.

Horst, von allen im Dorf nur Hotte genannt war eine

stattliche Erscheinung von 195 Zentimetern Körpergröße und über hundertzwanzig Kilo Lebendgewicht. Neben ihm stand Kim, seine Freundin und mittlerweile Teilhaberin, der gemeinsamen Auto-und Treckerreparaturwerkstatt am Ortsausgang in Richtung Hövel. Kim stammte ursprünglich aus einem kleinen Ort in China und war im Alter von einem Jahr vom Ehepaar Lerchner aus Arnsberg adoptiert worden. Kim lernte später Automechanikerin in einer VW-Niederlassung in Arnsberg und fing vor mittlerweile zehn Jahren in Hottes Werkstatt an. Mit ihren hundertfünfundsechzig Zentimetern und sechzig Kilo wirkte sie neben dem Bären Hotte, etwas verloren und schutzbedürftig. Aber der erste Eindruck täuschte gewaltig.

»Dlohen? Was fül hässlich Wolt. Wil Fleunde. Wil Ihnen anbieten geschäftlich Zusammenalbeit. Tipp mit Bland-schutz Zeichen unselel Fleundschaft.«
Kim zückte Ihr Smartphone und schoss unvermittelt ein Foto der beiden Asiaten.
»Heh! Was soll das?!!«, ereiferte sich Chang und Baihu griff entschlossen nach Kims Handy.
Im nächsten Moment lag Baihu auf dem nackten Beton-boden und fühlte Kims harte Sohle an seiner Kehle.

»Ich muss mich für meine Freundin entschuldigen«, meinte Hotte trocken. »Sie reagiert manchmal etwas über.«

Kim, die nach der Aktion nicht einmal schwer atmete, meinte in süffisantem Tonfall: »Wir konnten nicht umhin, Ihre Unterhaltung mit Herrn Schaller zu verfolgen. Ihren wirklich überzeugenden Tipp mit dem Brandschutz nehmen wir sehr ernst. Das Foto ist für Herrn Schallers Feuerversicherung und unsere Freunde bei der Polizei, sollte hier auch nur ein Strohballen flackern, meine Herren.«

Kim konnte sich wehren. Sie betrieb seit zwanzig Jahren verschiedene Kampfsportarten und besaß in allen mindestens den Schwarzen Gürtel. Die Meisten der Dorfbewohner wussten davon, aber es gab halt immer ein paar Fremde, die das noch lernen mussten.

Wütend rappelte sich Baihu wieder hoch und klopfte sich den Staub vom Anzug. Chang legte ihm beschwichtigend die Hand auf die Schulter.

»Ich denke, das wal Missvelständniss. Hell Schallel, lassen Sie sich Volschlag in Luhe dulch Kopf gehen. Wil wieder bei Ihnen melden. Sie nul können gewinnen.«

Beim Verlassen der Scheune wandte er sich an Kim.

»Lespekt! Wilklich beeindluckend, meine Dame. Das nicht oft passielt Herrn Baihu.«

Kim deutete ein kurzes Nicken an, ließ aber Baihu nicht aus den Augen, bis er die Scheune verlassen hatte.

Bertie, der die ganze Auseinandersetzung von Ossies Barhocker aus beobachtet hatte, war von Kims Darbietung schwer beeindruckt. Er hatte sie bei ihrem letzten Fall mit dem betrügerischen Anlageberater schon mehrmals in Aktion gesehen und es war jedes Mal ein Genuss. Aber gleichzeitig machte er sich Sorgen. Die beiden Asiaten waren nicht zu unterschätzen. Die würden nicht lockerlassen. Er nahm sich vor, mit Alex darüber zu reden.

5

»Jetzt erzähl mir doch mal, was gestern in Ossies Scheune los war.«

Berti schaute mich fordernd an und deutete auf meine Zigarettenschachtel. Ich gab ihm eine Kippe. Er steckte sich die Zigarette in den Mund und versuchte vergeblich, das Feuerzeug zu bedienen.

»Daran müssen wir wohl noch arbeiten was, alter Knabe?«, sagte ich grinsend und gab ihm Feuer. Berti schaute mich genervt an und blies den Qualm trotzig in meine Richtung. Dann berichtete er mir von der Scheune und den zum Schluss aufgetauchten Asiaten.

»Das hört sich für mich stark nach Wettmafia an. Hoffentlich geht das gut. Diese Burschen spielen vermutlich in einer ganz anderen Liga. Da sind brennende Scheunen oder gar Menschenleben nur Peanuts. Am Besten, ich rufe sofort mal bei Hotte an, um ihn zu warnen.«

»Und wie willst du ihm erklären, woher du von dem Vorfall weist? Etwa - dein allerbester Freund, der Geist Berti hat alles beobachtet? Mich hat dort doch niemand gesehen.«

»Verdammt, du hast recht! Hoffen wir mal, dass alles gut

geht. Achtest du ein bisschen auf den Laden? Ich muss noch ein wenig am Schützenvogel reparieren.«

Halb auf dem Weg in meine Werkstatt hörte ich, wie Berti mir ein *Okidoki* hinterher rief.

Grinsend schüttelte ich den Kopf. Er liebte verrückte neue Worte, die er meist im durchgehend dudelnden Radio aufschnappte.

In der Werkstatt strich ich etwas Leim auf den zweiten gebrochenen Flügel der Krähe, drückte ihn an den Korpus des Vogels und fixierte alles mit zwei Holzdübeln und mehreren Schraubzwingen. Von Ferne vernahm ich das Klingeln der Bürotür.

»Hallo!?, jemand im Laden?«, schallte die vertraute Stimme von Wilhelm Wischnewski durch meine heiligen Hallen.

»Hinten in der Werkstatt Willi! Komm durch!«

Schon bevor ich ihn sah, hörte ich sein Schnaufen. Dann stand unser Dorfsheriff im Türrahmen. Willi war ungefähr so hoch, wie breit und der Schrecken einer jeden Personenwaage. Schwer atmend zog er seine Uniformhose nebst Utensiliengürtel hoch, stopfte sein Hemd in die Hose und suchte nach einem Aschenbecher für die obligatorische und fast aufgerauchte Kippe.

»Nimm den Großen«.

Gespielt widerwillig schnippte er die Asche auf die Erde meiner Werkstatt. Als ob es ihm jemals etwas ausgemacht hätte, wo er seine Asche verteilte.

»Nee, wat `ne Hitze da draußen! Du, vorn im Büro jlimmt noch deine Kippe im Ascher!«
Berti.

»Äh ja ich weis. - Pils?«

»Kalt?«

»Ja sicher kalt!«

»Eh` ich mich schlagen lasse.«
Ich drückte Willi ein eiskaltes null-dreier Fläschchen Gerstensaft in die Hand, welches er bereits mit dem ersten tiefen Zug in den philosophischen Zustand, *halb voll oder halb leer,* versetzte.

»Was führt dich her, mein Freund?«
Willi setzte die Flasche ab und entließ einen schludrig unterdrückten Rülpser ins Freie.

»Ich dachte, ich würd` Babsi hier finden. Wir müssen nämlich noch dat Menü für`s Schützenfest bequatschen und im Hahn is sie nich.«

»Babsi ist noch schnell ein paar Besorgungen machen. Soviel ich weiß, wollte sie aber gleich hier vorbeikommen.«
Willi war hauptberuflich als Hauptkommissar der

Hüstener Polizeiwache zugeteilt. Seine eigentliche Passion aber war das Kochen. Den Dienst absolvierte er, trotz seiner beträchtlicher Körperfülle, lieber im Streifenwagen, als am Schreibtisch. Wie er sich durch die alljährlichen Fitnesstests der Polizei mogelte, würde mir wohl immer ein Rätsel bleiben. Er konnte es jedoch stets kaum abwarten, bis in Babsis Kneipe *Zum Goldenen Hahn,* zur zweiten Schicht geblasen wurde. Seit Willi hier den Kochlöffel schwang, war der Hahn bis über die Dorfgrenzen hinweg, zu einem kulinarischen Geheimtipp geworden.

Einmal im Monat traf er sich mit seinem Kochklub zum gemeinsamen Brutzeln in Dortmund. Ausschließlich Polizeibeamte, die in der Ruhrgebietsmetropole wohnten und arbeiteten.

Auf meine Frage hin, warum in Dortmund, erklärte mir Willi mal, dass die Entfernung zweitrangig sei. Die Kollegen aus dem Ruhrgebiet hätten ihn während eines Kochwettbewerbs in Dortmund angesprochen, bei dem er den ersten Platz belegt hatte. Sie hofften damals, so ihren kulinarischen Horizont zu erweitern. Daraus hatte sich eine tiefe Freundschaft entwickelt. Wobei er, Wilhelm Wischnewski, als einziger Sauerländer im Klub, trotz allem, noch immer das Maß aller Dinge war.

»Alex?!! Bist du hier?!!«, rief Babsi vom Eingang her.

»Wenn man vom Teufel spricht«, meinte ich grinsend zu Willi. »Hinten in der Werkstatt!! Der Willi ist auch hier!!«

Zwei prall gefüllte blau-weiße Plastiktüten mit dem Logo der Herdringer Bäckerei Lampe am Arm rauschte Babsi herein und drückte mir einen flüchtigen Kuss auf die Wange.

»Im Büro brennt noch deine Kippe im Ascher«.

Berti.

»Äh - ja ich weis.«

Sofort widmete sie ihre ganze Aufmerksamkeit unserem Sternekoch.

»Willi, wir müssen das Menü noch durchgehen.«

»Deshalb bin ich ja vorbeigekommen. Haste heute Abend eijentlich jeöffnet?«

»Nee, das lohnt nicht. Du weist doch, das ganze Dorf sitzt Schützenfest Freitag in den Gärten und auf den Bürgersteigen und feiert *Fahne aufhängen*. Jeder hisst seine Schützenfahne und vernichtet Pilzkes. Da verirrt sich niemand in den Hahn. Wir gehen heute auch mit den Nachbarn feiern. Das dauert wie immer bis spät in die Nacht.«

»Na dann bin ich ja beruhicht, es wär` mir nämlich

sonst etwas knapp jeworden, mit den Vorbereitungen und so.«

»Schaffst du das denn alleine in der Küche? Ich vermute, am Sonntag Mittag, nach dem Frühschoppen gibt es einen ganz schönen Ansturm hungriger Gäste. Und genauso am Montag Mittag.«

»Der Udo hat versprochen, mir zu helfen. Hat sich sogar für Montag freijenommen. Leider muss ich am Montag zuerst den Umzug zur Vogelstange verkehrstechnisch mit absichern. Danach stehe ich euch aber voll zur Verfüjung.«

»Der Udo Schüppstuhl?«, mischte ich mich ein. »Schön, den mal wiederzusehen. Ist `n feiner Kerl, dein Kochklubkollege.«

Ich hatte Hauptkommissar Schüppstuhl, den Leiter der Dortmunder Mordkommission, nebst ein paar seiner Kollegen, bei meinem letzten Fall kennengelernt. Die Jungs aus dem Ruhrpott sind hier bei uns immer dann zuständig, wenn es Leichen gibt, die unfreiwillig aus dem Leben befördert wurden. Und davon hatten wir kürzlich mehr als genug.

Babsi und Willi verabschiedeten sich in Richtung *Goldener Hahn*, um das Menü zu besprechen und ich leistete Berti im Büro Gesellshaft.

Er freute sich schon auf sein erstes Schützenfest, obwohl
er ja nichts trinken konnte. Aber rauchen, das ging
wenigstens. Dann rief Hotte an, mein bester Freund.
Berti würde ihn als meinen zweitbesten bezeichnen.

»Hotte hier, alles klar für heute Abend? Fahne
aufhängen und so?«

Hotte und seine Lebensgefährtin Kim feierten immer mit
uns, da deren Haus und Werkstatt ziemlich alleine lagen
und eine Feier dort mit zwei Personen doch sehr einsam
ausfallen würde.

»Ja sicher Alter, sechs Uhr geht`s los!«

»O.k. Bier bringen wir mit.«

Ich wollte gerade etwas erwidern, da klickte es auch
schon in der Leitung. Das war typisch Hotte. Kein Tschüs
oder so. Einfach aufgelegt.

Fahne aufhängen dauerte bis vier Uhr nachts, inklusive
Eierbraten in der Küche des *Goldnen Hahns*. Um zehn, am
Nächsten Morgen hatte ich vorsichtig versucht, die
Sehnerven zu synchronisieren. Um zwölf stand ich mit
etlichen anderen Schützenbrüdern, leicht verkatert an der
Kasse der Schützenhalle, um im Vorverkauf eine Karte
für das Wochenende zu kaufen. Das ersparte mir lange
Wartezeiten an der Abendkasse. Unser Schützenfest ist,

im Gegensatz zu den meisten anderen im Sauerland, ein reines Freibierfest. Da gibt es samstags von acht bis um eins Bier, Wein und alkoholfreie Getränke und dann ist Schicht bis Sonntag Nachmittag. Niemand würde auf die Idee kommen, Samstag vor dem Fest irgendwo vorzuglühen und erst um zehn dort aufzuschlagen, was bei einem Freibierfest ja auch wenig Sinn macht. Nein, die Druckbetankung beginnt in Herdringen immer pünktlich zwischen acht und halb neun. Die Gläser fassen 0,1 Liter Bier, was bei manchen Auswärtigen, anfangs ein leichtes Naserümpfen verursacht. Allerdings wird das Bier selten einzeln geholt, sondern stets auf einem Tablett mit sieben Gläsern. Noch nie hat sich jemand beschwert, er hätte zu wenig zu trinken bekommen.

Gegen halb neun abends trafen Babsi, ich und Berti, von dem Babsi natürlich nichts ahnte, auf dem Schützenhof ein. Das Wetter spielte wie fast jedes Jahr mit. Eine lauschige, warme Augustnacht. Das ganze Dorf hatte sich unter dem alten Baumbestand auf dem Schützenhof versammelt. Die Begrüßungsreden waren fast vorbei und wir mischten uns unter die Feiernden. Nach kurzer Zeit entdeckten wir Hotte und Kim, die uns auch sogleich ein volles Tablett entgegenstreckten. Ich bemerkte, dass Berti gerne mitgetrunken hätte, aber das funktionierte ja leider nicht.

»Ich war gestern noch mit Capone raus«, begann ich meinen Versuch, Hotte und Kim auszuhorchen. »Da war ja ganz schön was los, bei Ossie in der Scheune«.

»Warst du auch dort?!«, fragte Hotte neugierig.

»Nee, nur draußen vor der Scheune. Ihr wart dort?«

»Klar, man gönnt sich ja sonst nix. Ham aber, außer Erfahrung, nix gewonnen,.«

»Ich hab da draußen so zwei Asiaten rumlungern sehen. Das Wettgeschäft muss sich ja ziemlich weit rumgesprochen haben«, startete ich meinen Versuchsballon.

Berti grinste mich wissend an.

»Tja, war `ne komische Sache mit den beiden.«

»Den Asiaten?«

»Klar. Die haben den Ossie zum Schluss regelrecht bedroht. Wollten bei ihm ins Geschäft einsteigen, sonst würden sie die Scheune anstecken und so.«

»Is` ja `n Ding!«

»Jau, aber Kim hat die schrägen Vögel einfach fotografiert und ihnen klargemacht, dass wir wüssten, wer gezündelt hat, sollte es dort zum Brand kommen.«

»Und das haben die sich einfach so gefallen lassen?«

»Kim kann sehr überzeugend sein«, meinte Hotte grinsend.

In dem Moment tauchten Fritz Hausstein und seine Freundin Hannelore Klingenberg auf.

»Hallo Ihr beiden! Alles klar?!«

»Aber sicher! Nächstes Jahr wird geheiratet. Die Scheidung von Hannelores Noch-Ehemann ist nur noch eine Formsache. Der ist letzte Woche übrigens verknackt worden.«

»Ach! Was hat er denn gekriegt?«

»Lebenslänglich, ohne Rückfahrkarte. Anschließende Sicherungsverwahrung.« Fritz nahm seine Freundin in den Arm. »Wir hatten auch gehofft, dass der Sack nie wieder rauskommt.«

Um ihren damaligen Gatten drehte sich mein letzter großer Fall. Mit Bertis Hilfe konnte der Täter schlussendlich dingfest gemacht werden.

Berti winkte mir zu und bat mich um eine Zigarette. Ich schüttelte unmerklich den Kopf. Es war jetzt hier nicht möglich eine Zigarette aus der Schachtel zu nehmen und sie ihm zu geben.

»Leute, ich geh` mal eben ne Stange Wasser wegstellen«, verabschiedete ich mich zur Toilette und machte Berti ein

Zeichen, mir zu folgen. Unterwegs zündete ich mir eine Zigarette an und reichte sie in der hohlen Hand an ihn weiter.

»Versteck dich irgendwo, damit niemand einen Infarkt kriegt, weil er herrenlose Zigarette durch die Luft schweben sieht.«

Berti nickte verstehend und verschwand durch die, den Schützenhof umgebende Begrenzungsmauer, auf die danebenliegende Wiese. Die Zigarette musste er allerdings oben über die Mauer heben.

Ein Gast, der zufällig sah, wie eine brennende Zigarette langsam über die Mauer schwebte, rieb sich die Augen, blinzelte kurz und schrieb das Ganze staunend dem bereits konsumierten Alkohol zu.

Der Sonntag startete damit, dass ich gegen zehn, mit zitternden Händen die Arbeiten am verunglückten Schützenvogel beendete. Danach, wie Schützenfest sonntags üblich, begann ich mit einem ausgedehnten Frühschoppen in Babsis Biergarten, um in den anstrengenden Tag zu starten. Der Frühschoppen mündete natürlich nahtlos im großen Sonntagsnachmittagsfestzug durchs Dorf, um danach auf dem Schützenhof zur weiteren Biervernichtung anzutreten.

Schützenfest eben.

Gegen zehn Uhr nachts begann der, von allen heiß ersehnte, Thekenbummel. Zuvor hatte sich der Schützenhauptmann mehrmals besorgt bei mir vergewissert, ob denn der Vogel, unsere Krähe, für das Schießen am nächsten Morgen fertig wäre. Dann traten Musiker des Herdringer Musikvereins in Aktion. Mit Trommel, Posaune, Trompete, Tuba und weiteren Instrumenten zogen sie, verfolgt von sämtlichen Festbesuchern, rund um den Festplatz. An jeder Theke machten sie für ein paar Stimmungslieder Station. Das relativ textsichere Schützenvolk tanzte rundherum auf Tischen und Bänken und sang in allen nur erdenklichen Tonlagen, bierselig mit. Die Stimmung bewegte sich beim Thekenbummel stets am Siedepunkt. Sogar Berti war begeistert und ließ sich zu wilden Tanzeinlagen hinreißen.

Sonntagnacht, zu vorgerückter Stunde, hatten Berti und ich die Zigarettennummer von Samstag verfeinert. Ich zündete mir eine Kippe an, warf sie in die Luft, wo sie scheinbar schwebte. Berti versuchte, in dem Moment den Glimmstängel in Bewegung zu halten, zog einmal daran und führte sie dann zwischen meine Lippen. Unter begeistertem Beifall der Umstehenden musste ich den vermeintlichen Zaubertrick mehrmals wiederholen. Als später dann ein Bierglas wie von Geisterhand vom Tablett abhob, um sofort danach seinen Inhalt auf dem Boden zu verteilen, musste ich Berti bremsen. Zum Glück waren die Umstehenden schon zu betrunken, um sich am nächsten Tag an die Sache zu erinnern. Nachts um eins wurde der Schützenhof geschlossen und einige, die noch nicht genug hatten, zogen weiter, um in den umliegenden Gärten weiterzufeiern.

6

Jörg blickte gedankenverloren aus dem Seitenfenster des BMW SUV, während er den Plan zum wiederholten Mal in Gedanken durchging.

Sie hatten sich Nummernschilder vom Langzeitparkplatz des Dortmunder Flughafens geklaut und mit denen, des geklauten BMW getauscht. So weit, so gut.

»Komm, mach dich locker Hirni! Wir sind doch alles tausendmal durchgegangen«, riss ihn Kevin aus seinen Gedanken.

Jörg blickte Kevin zweifelnd an.

»Locker!? Was glaubst du, was heute alles dazwischen kommen kann! Dort ist die Ausfahrt! Da! Komm, setz den Blinker! Da! Siehst du das Schild nicht?! Ausfahrt!!«

»Ruhig Junge, ruhig, entspann dich.«

»**Ich bin entspannt!!!** So, jetzt an der Ampel links und dann auf der linken Seite.«

Nach zwei Minuten erreichten Sie einen von Pendlern bevorzugten Parkplatz in der Nähe der Autobahnabfahrt.

»Und wenn hier jetzt kein passender Wagen steht?!«

Kevin lenkte den BMW langsam auf den geschotterten Platz.

»Schau dich um, sieht das aus wie kein Wagen?« Er deutete auf etwa zwanzig PKWs, die bis zum Abend sicher niemand vermissen würde.

»Da vorne, der neue A3, mit dem Nummernschild hier aus der Gegend, der müsste gehen«, murmelte Jörg kleinlaut.

»So lieb ich meinen Hirni!«
Kevin stoppte den Wagen und Jörgs Finger flogen über die Tasten seines Laptops. Plötzlich flammten die Blinker des Audi auf und signalisierten, dass die Türen nun entriegelt seien. Jörg sprang aus dem BMW und stieg in den Audi. Kurze Zeit später erwachte der Motor zum Leben. Kevin hatte zwischenzeitlich gewendet und lenkte den BMW, gefolgt von Jörg zurück auf die Autobahn, um diese an der nächsten Abfahrt wieder zu verlassen. Nach zwanzig Minuten erreichten sie einen abgelegenen Parkplatz an einer einsamen Landstraße.
Kevin stellte den BMW dort ab, stieg zu Jörg in den Audi und sie brausten davon.

7

Die Vorstandsmitglieder in ihren grünen Uniformjacken, die Führer mit den schwarzen Anzügen, dem Pike und der rot-weiß-grünen Schärpe, sowie die Herdringer Musikkapelle, trafen sich schon um halb acht im Garten des Schützenhauptmanns. Dort versuchten sie, unter Zuhilfenahme von Kaffee, belegten Brötchen und Bier, den Kater zu zähmen und die Batterien für den bevorstehenden langen Montag wieder aufzuladen. Die Führer wurden jedes Jahr vom Vorstand aus den Mitgliedern des Schützenvereins ausgewählt. Sie mussten den Festzug anführen und absichern. Ferner hatten sie dafür zu sorgen, dass das Fest reibungslos ablief. Außerdem waren sie für die Reinigung, den Auf-und Abbau der zahlreichen Tische, Bänke, Theken und gefühlt tausend andere Kleinigkeiten vor und nach dem Fest verantwortlich. Eine manchmal anstrengende Aufgabe, an die sich jeder jedoch, im Nachhinein, mit Freuden erinnerte. Hatte er doch das Fest mal von einer ganz anderen Seite kennengelernt.

Babsi parkte ihren Wagen vor dem Haus des Hauptmanns. Gemeinsam wuchteten wir den Schützenvogel aus dem Kofferraum und schleppte ihn unter lautem Jubel der Anwesenden in den Garten.

»Hey Alex, das war ja knapp!«

»Da sagst du was! Aber es hat ja noch geklappt, woll!«
Zwei, der Vogelträger in ihren blauen Hemden brachten
sogleich den mit Stroh ausgepolsterten Tragekorb herbei
und drapierten die schwarze Krähe obendrauf.

»Super sieht das aus!«

»Damit geht ihr direkt an der Spitze des Zuges, damit
sie alle sehen können, bevor sie nachher von den Kugeln
der neuen Königsaspiranten zerfetzt wird!!«, rief
Schützenhauptmann Hannes Berger begeistert.

8

Kevin bremste den Wagen vor der Bank ab. Das
Geldinstitut seiner Wahl stand auf einem Eckgrundstück
und so bog er nach rechts ab, wendete und parkte direkt
neben der Bank, halb auf dem Bürgersteig, in
Fluchtrichtung.

»Alles klar, Hirni?«

Jörg nickte abwesend. Überhauptnichts war klar. Diese
ganze Aktion ging weit über das hinaus, was er sich
eigentlich zutrauen würde.

»Irgendwie habe ich das Gefühl, wir hätten was
vergessen. Vielleicht sollten wir die Sache verschieben.«

»Nun mach dir nicht ins Hemd. Dann improvisieren
wir eben! Improvisieren ist mein zweiter Vorname.«

»Musst du wirklich die Waffe mitnehmen?«

Kevin tätschelte liebevoll die abgesägte Schrotflinte,
welche er in einer speziellen Innentasche seines
Ledermantels untergebracht hatte.

»Und nicht nur die.«

Stolz zog er einen siebenschüssigen Smith & Wesson aus
dem Schulterhalfter und schraubte liebevoll einen
Schalldämpfer auf.

»Wir wollen ja nach Möglichkeit kein unnötiges

Aufsehen erzeugen«, sagte Kevin grinsend.

»Und die Schrotflinte?«

»Zum Improvisieren.«

Jörg schaute seinen alten Kumpel, skeptisch an. Der Spitzname Psycho kam ihm wieder in den Sinn.

»Und die hier ist für dich.«

Kevin drückte Jörg einen kurzläufigen Revolver in die behandschuhten Hände.

»Aber ich kann Waffen nicht ausstehen!«

»Keine Angst, sind nur Platzpatronen drin. Du must zugeben, dass dein unschuldiger Dackelblick allein, als Bedrohung wohl eher nicht ausreicht.«

Widerwillig steckte Jörg die Waffe in den Gürtel. Kevin schaute auf seine falsche Rolex. Acht Uhr.

»Wann sollte der Geldtransporter kommen?«

»Acht Uhr zehn.«

Kevin striff sich seine schwarzen Wildlederhandschuhe über, mit denen er sonst die Gesichter säumiger Schuldner zu verbeulen pflegte.

»Dann nichts wie rein in die Bank. Und denk dran, keine Namen!«

Sie verließen den Audi und schlenderten betont unauffällig zur Bank, wobei Jörg versuchte, nicht auf die Fugen zwischen den Platten zu treten. Eine Marotte, die er einfach nicht ablegen konnte. Er wunderte sich, dass um diese Zeit bereits so viele Leute unterwegs waren. Kevin wunderte sich über Jörgs seltsam tänzelnde Schritte.

Direkt vor der Eingangstür zogen sie die Sturmhauben herunter und betraten die Bank.

Kevin stürmte gleich zum Kassenschalter und schoss einmal mit leisem Ploppen in die Decke, dass der Putz herunterrieselte. Sofort hatte er die ungeteilte Aufmerksamkeit der Bankangestellten.

»Dies ist ein Überfall Süße. Keine Mätzchen! Den Schlüssel für die Eingangstür! Schnell!«

Cornelia Schreier, die das Pech hatte, heute Dienst schieben zu müssen, blickte den Maskierten ängstlich an.

»Glotz nicht so blöd Tusse! Den Schlüssel!«

»D-den hab ich im meiner Handtasche.«

»Po ey! Dann **HOL** ihn!!!«

»J-ja.«

Cornelia ging langsam mit zitternden Beinen in Richtung des Personalraums.

»Halt! Ich komme mit!«

Im Personalraum öffnete die Bankangestellte ihre Handtasche und kramte den Schlüssel hervor.

Kevin riss ihn ihr aus der Hand und warf ihn zu Jörg

66

hinüber, der damit umgehend die Eingangstür abschloss, um eventuelle Bankkunden draußen zu halten.

In dem kurzen, unbeobachteten Moment drückte Cornelia geistesgegenwärtig den Knopf für den stillen Alarm. Der war unter anderem auch im Personalraum untergebracht. Dies sorgte zeitgleich, in einer nur drei Kilometer entfernten Polizeiwache, für Schnappatmung.

»Bist du ganz allein hier?!«, herrschte Kevin die Angestellte an.

»J-ja.«

»Schau nach, ob das stimmt!«, rief er Jörg über die Schulter zu, der daraufhin die vom Schalterraum abgehenden Räume überprüfte.

»Was - was wollen Sie eigentlich?«, fragte Cornelia vorsichtig.

»Na was wohl?! `N Pils, `n Korn und die Speisekarte!«

Die Kassiererin schaute ihn verdutzt an.

»Kohle Mädchen, Kohle wollen wir!«

»Aber...?«

In dem Moment fuhr der Geldtransporter vor.

»Pünktlich wie die Maurer! Los versteck dich!«, rief er Jörg zu. »Die Kohle rollt an!«

Kevin wandte sich an Cornelia Schreier und blickte auf ihr Namensschild. »Hastes endlich gerafft? Dass du mir

nicht hier herumschreist, sonst war das dein letzter
Schrei, Frau Schreier. Haben wir uns verstanden? Los!
Schließ die Tür auf und dann kommst du sofort wieder
hier her zum Schalter!«

Er richtete die Schrotflinte auf sie.

»Und keine Mätzchen, Schätzchen«, reimte er mit
maliziösem Grinsen, welches unter seiner Maske
allerdings verborgen blieb.

Draußen stoppte der Geldtransporter.

Für Hermann Grell und Frank Schuster war der Ablauf
Routine.

»Ich geh dann mal rein, bis gleich.«

Beifahrer Frank Schuster scannte die nähere Umgebung
und entdeckte nichts Auffälliges. Er wunderte sich kurz,
dass die Bankangestellte erst jetzt die Eingangstür
aufschloss. Schuster öffnete die Tür des gepanzerten
Fahrzeugs, stieg aus und steuerte, die Hand an der Waffe,
die er im Hüftholster trug, auf die Bank zu. Er spähte in
das Innere des Schalterraums, drückte die Tür auf und
begrüßte Frau Schreier. Sie kannten sich, wie man sich so
kennt, wenn man sich mehrmals die Woche bei der
Geldübergabe sah.

»Alles klar, Frau Schreier?«

Kevin, der sich hinter dem Schalter verbarg, richtete die Schrotflinte auf sie und hob bedrohlich die Augenbrauen.

»J-ja, alles klar, Herr Schuster.«

Schuster stutzte kurz, wegen ihres Stotterns.

»Wirklich?«

Cornelia schluckte und rang sich ein anscheinend überzeugendes Nicken ab.

»O.k. dann hole ich jetzt das Geld.«

»Brav, Süße«, murmelte Kevin leise und blickte Jörg, der nervös aus einer angelehnten Seitentür spähte, siegessicher an.

Schuster verließ die Bank und kehrte kurz darauf mit einem schweren Geldkoffer zurück. Zur Sicherung begleitete ihn Kollege Grell, der etwa drei Meter hinter ihm ging und sich zu allen Seiten umsah. An der Tür schloss er zu Schuster auf, um möglichst dicht hintereinander in die Bank zu gelangen.

Alles Routine.

Während sich die Tür hinter ihnen langsam schloss, gelangten die beiden zum Schalter, wo sie von Cornelia Schreier mit bebenden Lippen erwartet wurden.

Als Fritz Schuster realisierte, dass irgendetwas mit Frau Schreier nicht stimmte, war es aber schon zu spät.

»Jetzt langsam beide die Hände hoch. Gaaaanz ruhig,

dann passiert euch nichts.«

Hermann Grells Hand zuckte zur Dienstwaffe. In dem Moment hörte er ein leises Ploppen und spürte, wie ein Ruck durch seine rechte Hand ging. Eine Sekunde später setzte der rasende Schmerz ein.

Grell umklammerte seine Hand und ließ sich auf die Knie fallen. »Scheiße! Sie haben mir in die Hand geschossen!«

»Du bist ja ein Schnellmerker. Was, an *Hände hoch,* hast du nicht verstanden? Aus gesundheitlichen Gründen solltest du ab jetzt zuhören, wenn ich was sage.«

Dann wandte er sich an Jörg.

»Nimm ihre Waffen!«

Jörg nickte, immer noch fassungslos ob er Kaltblütigkeit seines Freundes.

Kevin wandte sich dem anderen Fahrer zu. »So, und jetzt die Tasche öffnen.«

»Ich kann das nicht, ich brauch einen Code und den hat nur -».

Weiter kam er nicht. Kevin spannte den Hahn seiner Smith & Wesson und setzte ihm die Mündung des Schalldämpfers auf die Kniescheibe.

»Vielleicht solltest du dir das mit dem Code nochmal überlegen. Aus medizinischer Sicht wäre eigentlich Kooperation das Gebot der Stunde.«

»O.K, o.k.« Er steckte einen kleinen Schlüssel in die Schlösser der Tasche und ließ sie aufspringen. Dicke Bündel in allen Stückelungen bis hundert Euro leuchteten daraus hervor.

»Wie viel ist das?!«, herrschte Psycho den Geldboten an.

»85.000«

»Mehr nicht?!!«

»Hätten Sie vorher Bescheid gesagt, hätt ich mehr mitgebracht.«

»Auch noch frech werden was?!« Kevin schlug ihm den Pistolenknauf gegen den Schädel und der Kopf des Mannes sackte reglos zur Seite.

»Bist du bescheuert!«

»Nu mach dir nicht ins Hemd, der schläft nur. Los schnell, die Tasche! Umpacken!«

»Welche Tasche?«

Sie schauten sich an und Jörg realisierte in dem Moment, eine kleine, aber nicht unbedeutende Lücke in der Planung. Gleichzeitig öffnete sich die Eingangstür und eine alte Frau mit Rollator betrat die Bank. Am Rollator hing eine blau-weiße Plastiktüte, prall gefüllt mit ihren gesamten Einkäufen.

»Komme ich ungelegen?«, krächzte die alte Dame, als sie den Wachmann auf der Erde liegen sah.

»Wo kommt die denn jetzt her! Hast du nicht wieder abgeschlossen?!«

»Ich - äh. Fehler im Plan.«

Cornelia Schreier ging, trotz der latenten Bedrohung auf die Frau zu.

»Oma Reiter! Es ist gerade etwas ungünstig. Könnten Sie in einer halben Stunde nochmal -.»

»Oma Reiter! Sie kommen wie gerufen!«, schnitt ihr Kevin das Wort ab. »Was haben wir denn alles eingekauft?!«

Kevin riss die Plastiktüte vom Rollator und kippte den Inhalt auf den blank polierten Boden, so dass die Einkäufe sich über die ganze Schalterhalle verteilten.

»Heh!«, keifte Oma Reiter empört. »Junger Mann, so geht das aber nicht!«

Kevin beachtete die alte Frau überhaupt nicht.

»Hier schnell! Stopf alles da rein!« Er hielt Jörg die Tüte vors Gesicht.

»Das gefällt mir nicht. So geht das doch nicht. Da kann doch jeder das Geld sehen, der zufällig in die Tüte schaut.« murmelte Jörg und schaute sich suchend um. Zwischen den herumliegenden Einkäufen der alten Dame entdeckte er ein dickes Paket mit Fleisch und Wurstwaren, die in einen großen Bogen Packpapier eingeschlagen und mit einem Gummiband verschnürt waren. Er riss das Paket auseinander und stapelte die Wurstscheiben sorgfältig auf einer Mehltüte.

»Was soll der Scheiß?!! Du sollst die Kohle einpacken und nicht die dusselige Wurst sortieren!!«

Aber wir können doch nicht einfach die Wust der alten Dame -«

»Sag mal, gehts noch!!!? Raff die Kohle zusammen!!!« Widerwillig und mit entschuldigendem Seitenblick zu der vor Wut kochenden Oma Reiter stapelte Jörg die Geldbündel sauber aufeinander. Dann schlug er alles in das weiße Packpapier ein und schnürte das Gummiband wieder darum.

»So ist es besser, falls da jemand reinsieht.«

»Wurde aber auch Zeit, dass du mitdenkst!«, herrschte Kevin ihn an.

Jörg beeilte sich, das Geldbündel in die Plastiktüte zu stopfen, während er mit einem Auge Psycho beobachtete, dessen rechtes Augenlid bereits nervös zuckte. Die wütende, alte Dame knallte ihm wiederholt den Rollator vor das Schienbein. Er hoffte, sein Freund würde die Frau in Ruhe lassen.

Kevin hob den Revolver und schoss abermals in die Decke. Das schien auch Oma Reiter zu beruhigen. Dann warf er Jörg ein paar Kabelbinder zu.

»Hier, fesseln! Alle! Und dann nichts wie weg!«

Eine Minute später betraten die beiden den Vorplatz der Bank und rissen sich die Sturmmasken vom Gesicht.

»Los zum Wagen«, murmelte Kevin, der hinter Jörg ging und sich zu allen Seiten umblickte. Dann stolperte er Jörg in den Rücken.

»Was?!«

»Polizei.«

Jörg war wie angewurzelt stehengeblieben und starrte unschlüssig auf ihren Fluchtwagen.

9

Willis Streifenwagen parkte mitten auf der Straße, welche von der Durchgangsstraße abzweigte. Er hatte die Aufgabe, den Festzug abzusichern, der sich bereits durch laute Knüppelmusik ankündigte.

Behäbig baute er sich mit verschränkten Armen vor der Kühlerhaube des Streifenwagens auf. An ihm würde die nächste Viertelstunde kein Auto vorbeikommen.

Aus dem Augenwinkel beobachtete er zwei Männer, die sich unschlüssig seinem Streifenwagen näherten und auf einen Audi A3 mit Sauerländer Kennzeichen zusteuerten. Den hatte Willi zugeparkt.

»Sie können hier jetzt nicht losfahren! Gleich kommt der Festzug zur Vogelstange. Ein wenig Geduld, meine Herren, ist ja nur einmal im Jahr.«

Er sah, wie der Eine etwas erwidern wollte, von dem Anderen aber zurückgehalten wurde.

Dann näherte sich, begleitet von lauter Knüppelmusik, der Schützenzug.

Als Klettmeisers Jupp und Scheuermanns Kalle, die beiden Vogelträger mit dem Weidenkorb, auf dem die neue Krähe thronte, auf Höhe der Volksbank waren, ertönte plötzlich lautes Sirenengeheul. Von allen Seiten näherten sich Einsatzfahrzeuge der Polizei mit Blaulicht und umstellten das Areal der Bank und damit auch den Schützenzug. Wie bei einem Plattenspieler, dem man den Stecker gezogen hatte, stellten die Kapellen nach und nach das Musizieren ein.

Kevin sah, dass sich der dicke Polizist ein Funkgerät ans Ohr presste und plötzlich, mit hochgezogenen Augenbrauen, alarmiert zur Volksbank blickte.

Uniformierte stürmten aus den Einsatzfahrzeugen und richtete ihre Waffen auf den Eingang der Bank.

Ein laut krächzendes Megafon befahl den, noch stark verkaterten Festzugteilnehmern, umgehend geeignete Deckung aufzusuchen, ohne dabei jedoch konkrete Vorschläge zu machen. Das führte dazu, dass alle planlos durcheinanderliefen, sich dann aber unisono für die Garage von Stübelmanns Harry entschieden, da der dort noch zehn Rahmen kalten Gerstensaft gebunkert hatte.

Kevin und Jörg bewegten sich zielstrebig auf ihren Fluchtwagen zu, als der dicke Polizist wieder auf sie aufmerksam wurde.

Ehe Psycho auch nur darüber nachdenken konnte, sich den Weg freizuschießen, wurden sie von dem Ordnungshüter zum Geldtransporter gedrängt.

»Halt, meine Herren, bitte begeben Sie sich sofort hinter den gepanzerten Wagen, dort sind Sie vorerst in Sicherheit. Hier ist soeben die Volksbank überfallen worden. Die Täter werden noch im Gebäude vermutet!« Mit gezogener Waffe drückte sich der Polizist mit dem Rücken an den Geldtransporter und spähte um das Heck zum Eingang des Geldinstituts. Dort hatten sich bereits mehrere Beamte eingefunden und rückten, mit schusssicheren Westen bekleidet, langsam auf die Bank vor. Das gesamte Gebiet um die Volksbank war abgesperrt.

»Kacke, alte Verdammte«, murmelte Kevin Jörg ins Ohr. »Hirni, hast du `ne Idee?

»Das läuft nicht nach Plan. Das läuft überhaupt nicht nach Plan Kevin. Das geht so nicht!«, zischte Jörg mit verzweifeltem Gesichtsausdruck und zusammengekniffenen Augen.

»Jetzt reiß dich aber mal zusammen! Sonst richte ich hier gleich ein Blutbad an. Willst du das?«

»N-nein, natürlich nicht.«

»Schau mich an. Ruuuhig Jörg, komm, schau mich an. Denk nach!«

Jörg wurde etwas ruhiger.

»Wir müssen das Geld loswerden, sonst sind wir geliefert«, flüsterte er und blickte sich suchend um.

Dann hatte er eine Idee. Er stieß Kevin den Ellbogen in die Rippen und deutete mit dem Kopf nach links.

»Da wäre ein guter Platz.«

Kevin nickte.

»Du hast recht, alle starren wie hypnotisiert zur Bank, niemand achtet auf uns. Los komm.«

Sie bewegten sich ganz langsam auf das von Jörg ausgesuchte Versteck zu.

Dann ging alles sehr schnell. Mit einem lauten Knall barsten die Scheiben der Eingangstür. Nebelgranaten explodierten im Innern der Bank. Einsatzkräfte stürmten den Schalterraum. Die Polizei hatte die Überwachungskamera der Schalterhalle angezapft und war sich sicher, dass die Personen im Schalterraum nicht in unmittelbarer Gefahr schwebten.

Das war die Gelegenheit für Jörg, die Plastiktüte verschwinden zu lassen. Keiner hatte etwas bemerkt.

Zehn Minuten später kamen die Polizisten wieder aus dem Gebäude und verkündeten, dass die Bankräuber sich nicht mehr im Gebäude befänden.

Ein Megafon ertönte scheppernd:

»Meine Damen und Herren, niemand verlässt den Tatort!

Sie könnten wichtige Zeugen sein. Bitte bleiben sie vor Ort und warten sie, bis die Kollegen sie befragt und ihre Personalien notiert haben!«

Lautes Stöhnen ging durch die Reihen der Dorfbewohner, die sich eigentlich auf ein feuchtfröhliches Vogelschießen gefreut hatten und deren Zungen, ohne den fest eingeplanten Alkoholnachschub bereits pelzig wurden.

»Wir bemühen uns, die Befragung unkompliziert, und zügig durchzuführen!«, plärrte es aus dem Megafon. »Wir bitten Sie um Ihr Verständnis!«

Mit Blaulicht rauschten drei Rettungswagen heran. Wieder das Megafon: »Bitte treten Sie zur Seite! Machen Sie den Rettungswagen platz, damit die Verletzten abtransportiert werden können!«

Die Befragung ergab, dass niemand etwas gesehen hatte, dass dieses Jahr wieder ein Top-Wetter für das Schützenfest wäre und dass es wie jedes Jahr mehrere Aspiranten auf die Königswürde gebe, was die Polizei allerdings weniger interessierte. Nach etwa einer Stunde konnte der Festzug seinen Weg zur Vogelstange fortsetzen. Alle männlichen Dorfbewohner reihten sich hinter der Musikkapelle ein und folgten dem Zug.

Kevin und Jörg waren froh, sich vorher falsche Pässe

besorgt zu haben, die den Beamten in dem Trubel nicht aufgefallen waren. Sie reihten sich ebenfalls in den Festzug ein. Während sie im Gleichschritt zur Vogelstange mitmarschierten, bemühten sie sich, in der Menge der Festzugteilnehmer nicht aufzufallen.

Das Königsschießen findet traditionell auf dem Gelände der Herdringer Freilichtbühne statt. Sämtliche der zahlreichen Sitzplätze der überdachten Zuschauertribühne waren belegt. Hunderte Schaulustige tummelten sich auf der Freifläche bis hin zu den Kulissen. Der Bankraub war DAS Thema, während der Wartezeit bis zum Vogelschießen.

Rechts, auf einer kleinen Anhöhe befestigte Hülsmanns Albert die Gewehre in den Halterungen. Im Hintergrund surrte bereits der Kugelfang mit der Krähe für den Jungschützenkönig in die Höhe. Da der ganze Festablauf nun um eine gute Stunde verzögert worden war, beeilte sich Hauptmann Hannes Berger mit der Begrüßungsrede und bat dann die Aspiranten auf den Titel des Jungschützenkönigs an die Gewehre.

Währenddessen beobachteten die Bankräuber gespannt das Geschehen um das Versteck ihrer Beute.

»Ich werd bekloppt!«, zischte Kevin ungehalten. Da ist

unsere Kohle und wir kommen nicht dran!«

Jörg sah, dass Kevin die Hand schon wieder an seiner Waffe hatte und wie dessen rechtes Augenlid nervös zuckte.

»Lass uns abwarten, die Gelegenheit wird schon noch kommen. Ich schätze, gleich, beim Königsschießen kommt unsere Chance. Dann schnappen wir uns das Geld und verduften. Im Moment ist es unmöglich, ungesehen da ranzukommen«, versuchte er Psycho zu besänftigen.

»Du hast Schiss, das ist alles«, erwiderte der, obwohl ihm klar war, das Jörg recht hatte.

10

Der letzte Rest des Jungschützenvogels löste sich aus dem Kugelfang und stürzte zu Boden.

»Wer ist Jungschützenkönig?«, fragte mich Hotte neugierig.

»Marc Schlünder, der Sohn von Schlünders Käppe, du kennst den doch. Hast bestimmt schon `nen Trecker von ihm repariert. Zieht das linke Bein etwas nach«, versuchte ich Hotte auf die Sprünge zu helfen.

»Jetzt wo du es sagst. - Ja ich kenne diesen Käppe. Na da ist die Freude im Hause Schlünder ja heute groß, woll!«

Von hinten drückte uns Babsi kalte Bierflaschen gegen die Backe.

»Hier, damit ihr nicht verdurstet!«

»Wo kommst du denn her?«

»Bin mit dem Wagen hier, musste noch so viel für heute Mittag vorbereiten. Dem Willi haben sie die Verkehrssicherung hier oben auch noch aufs Auge gedrückt. Ist wohl `n Kollege krank geworden.«

»Kommst du denn klar?«

»Sicher. Willi hat gleich Feierabend und der Udo werkelt bereits in der Küche.«

»Na Gott sei Dank.«

»Da! Jetzt wird gleich dein Vogel aufgehängt!«, mischte sich Hotte ein.

Schützenhauptmann Berger trat ans Mikrofon.

»Ich darf Alex Hackenberg mal hier hoch bitten. Den Erbauer des diesjährigen Schützenvogels. Alex komm doch bitte ans Mikro!«

»Auch das noch«, murmelte ich Hotte zu und bahnte mir einen Weg durch die Menschenmenge zu der schmalen Treppe, die zu den Gewehren und dem Mikrofon führte. Oben angekommen lobte mich Berger für den gelungenen Vogel und bat mich, beim Montieren der Krähe im Kugelfang zu helfen. Wahrscheinlich traute er dem reparierten Flattermann nicht. Wir hoben den Vogel von seinem Strohbett aus dem Weidenkorb und präsentierten ihn der ungeduldig wartenden Bevölkerung. Eiers Max und ich trugen ihn dann vorsichtig zur Stange. Ein paar Minuten später surrte der Kugelfang erneut in die Höhe. Die diesjährigen Königsaspiranten versammelten sich ungeduldig um die Gewehre und das Wettschießen begann.

Leider erwies sich meine Krähe als sehr widerspenstig, was ich insgeheim auf die Reparatur und den großzügig verwendeten Holzleim schob.

*

Das Wettschießen dauerte nun schon eine drei viertel Stunde. Noch immer hing ein großes Stück vom Korpus im Kugelfang. Es waren nur noch zwei ernsthafte Königsanwärter übrig, die im Wechsel auf die Krähe ballerten, aber der Vogel hielt den Bleiladungen stand.

»Kevin, das kannst du doch nicht machen!«
Jörg versuchte Kevin zurückzuhalten, aber dem war der ohnehin sehr dünne Geduldsfaden endgültig gerissen.

»Ich hol diese hässliche Krähe jetzt da runter. Das schau ich mir nicht länger mit an. Wir müssen sehen, dass wir hier wegkommen, bevor den Bullen bei der Bank unser geklauter Audi auffällt. - Und die Kohle würde ich auch gern mitnehmen.«
Kevin riss sich von Jörg los, verließ das Gelände der Freilichtbühne durch das große Tor und schlug sich nach links in die Büsche. Er zog seine Smith&Wesson 460 XVR, auf der noch immer der Schalldämpfer montiert war. Routiniert klappte er die Trommel heraus und entfernte eine Patrone, die er durch eine andere, mit größerer Durchschlagskraft und von ihm persönlich eingekerbter Spitze ersetzte. Das Geschoss würde sich beim Aufprall wie ein Pilz auffalten und so maximalen

Schaden anrichten. Kevin schlich sich nahe an den Kugelfang heran. Dann legte er an und zielte sorgfältig.

Herbert Sommerfeld legte an und zielte ebenfalls sorgfältig. Seit mittlerweile zehn Jahren versuchte er nun schon, den Vogel herunterzuholen. Dies sollte das letzte Jahr sein, hatte er sich geschworen. Dann wäre er entweder König oder er würde es nie wieder versuchen. Die Schützenbrüder fieberten alle mit ihm. Sommerfelds Herbert war einfach dran, so oft, wie er es vergeblich versucht hatte.

Herbert atmete ein, legte den Zeigefinger an den Abzug, fühlte den leichten Druckpunkt und krümmte entschlossen den Finger. Der Schlagbolzen traf auf den Zünder der Patrone und die Bleiladung verließ mit lautem Krachen den Lauf.

Herbert hatte verrissen. Sobald er den Schuss ausgelöst hatte, wusste er, dass er verrissen hatte.

Herberts Kugel riss einen kleinen, aber nicht nennenswerten Holzsplitter aus dem Korpus der Krähe. Fast gleichzeitig begann Kevins Spezialmunition den Korpus zu zerstören. Die Kugel fächerte sich pilzförmig auf und pulverisierte alles, was im Entferntesten nach Krähe aussah. Sie durchschlug trotzdem noch mehrere

Lagen Weichholz im Kugelfang und hämmerte eine Beule in den stählernen Kasten.

Hülsmanns Albert, Schießmeister und verantwortlich für Waffen und Munition, starrte entsetzt auf die herunterrieselnden Überreste der Krähe, dann auf die Munitionsschachtel.

Irgendwas ging hier ganz und gar nicht mit rechten Dingen zu.

Auch Hannes Berger stutzte. Dann erblickte er Herberts, vor Glück strahlendes Gesicht. Verflogen waren die leichten Zweifel am soeben Erlebten. Er vernahm den Jubel der Menge, wobei sicherlich auch die Vorfreude, auf den ersehnten Rückweg zum Schützenhof und die dort wartenden, kalten Biere mitschwang. Unauffällig blickte er auf die Uhr. Kurz vor zwölf. Um elf hätten sie eigentlich schon zurück auf dem Hof sein wollen.

Hannes griff beherzt zum Mikro.

»Liebe Schützenbrüder, in Anbetracht der Umstände will ich mich heute kurzfassen!«

Zustimmendes Gejohle und unterschwellig mitschwingende Skepsis aus der Menge, die des Öfteren schon darunter gelitten hatten, dass der Hauptmann bei seinen Reden kein Ende fand.

»Ich sehe schon das Weiße in euren Augen, das muss

der Durst sein!«

Dann folgte die stark verkürzte Proklamation des Jungschützenkönigs und des Schützenkönigs. Der Vertreter der Brauerei reichte das obligatorische, sauber gezapfte drei-Liter Pilsglas, womit die beiden neuen Könige der jubelnden Menge zuprosteten. Dabei blitzten die Kameras der anwesenden Lokalpresse und schon kurz darauf rief der Hauptmann zum Antreten.

Die Kapellen formierten sich und unter lauter Knüppel-und Fanfarenmusik verließ der lange Tross die Freilichtbühne, den Berg hinab, in Richtung Festplatz.

»Alex!«, rief mir Hauptmann Berger im Vorbeigehen zu, »Sorgst du dafür, dass der Weidenkorb wieder mit runter kommt!? Der ganze Ablauf ist heute etwas durcheinandergeraten!«

»Klar! Ich stell ihn vorerst in meine Werkstatt!«, rief ich zurück.

Gut, dass Babsi ihren Wagen dabei hatte. Ich rannte die schmale Treppe zum Schießplatz hinauf, wo Hülsmanns Albert gerade dabei war, die Gewehre einzupacken.

»Ich soll den Korb mitnehmen«, rief ich ihm zu und schnappte mir das Teil.

»Super!«, antwortete der Schießmeister, »dann muss ich das sperrige Ding nicht auch noch im Wagen verstauen.

*

»Achtung! Schon wieder der dicke Polizist von vorhin!«, rief Jörg entsetzt.

»Verfluchte Scheiße. Hat sich denn heute Alles gegen uns verschworen?«, fluchte Kevin leise. Es war ihnen noch immer nicht gelungen, die Beute aus dem Versteck zu holen.

Draußen marschierten gerade die letzten Schützenbrüder aus dem Tor. Babsi hatte den Wagen an der Abzweigung zur Freilichtbühne geparkt.

Willi stand, wieder mit verschränkten Armen gegen seinen Streifenwagen gelehnt und grinste mir entgegen.

»Na, habt ihr die Gangster schon gefangen?«, rief ich ihm zu, während ich zum Wagen ging, wo mich Babsi bereits erwartete.

»Nee, die sind anscheinend über alle Berge!«
Ich stellte den Korb auf den Rücksitz und schlug die Tür zu.   »Dann bis nachher Willi!«
Ich ließ mich auf den Beifahrersitz fallen. »Setz mich doch bitte an der Scheune ab. Ich deponier dort schnell den Vogelkorb und reih mich dort wieder in den Festzug ein.«

Babsi lenkte den Wagen oberhalb der Freilichtbühne durch die Felder zurück in meine Werkstatt, so mussten wir nicht warten, bis der Festzug die Landstraße nicht mehr blockierte.

»Verdammt! Was machen wir jetzt?! Hoffentlich erkennt uns der Bulle nicht wieder!«, rief Kevin laut.

»Kann ich Ihnen helfen?«

Psycho drehte sich mit zuckendem Augenlid zu der Stimme um.

»Kein Problem Herr Wachtmeister, mein Freund hat nur gerade seine Kontaktlinsen verloren«, improvisierte Jörg, bevor die Sache eskalierte. So viel Kaltblütigkeit hatte Kevin ihm gar nicht zugetraut.

»Na dann, viel Spaß noch. Das Bier schmeckt auch ohne Kontaktlinsen,« erwiderte der Polizist lachend und deutete auf das Ende des Festzugs. »Beeilt euch, sonst verliert ihr den Anschluss, oder seid ihr nicht von hier? Ich hab euch noch nie hier gesehen.«

»Äh - nein, wir sind auf Verwandtenbesuch hier, extra wegen Schützenfest.«

»Wen besuchen Sie denn hier im Ort? Ich kenn hier ja eigentlich jeden,« fragte Willi misstrauisch.

»Wir müssen dann mal, Herr Wachtmeister, sonst

verlieren wir wirklich den Anschluss!«

Jörg zerrte Kevin hinter sich her, bevor der hier noch ein Massaker veranstalten konnte.

Nach zehn Minuten erreichten sie das Dorf.

Kevin und Jörg scherten in der Nähe ihres Fluchtwagens aus dem Zug aus. Der Eingang der Volksbank war mit Polizeiabsperrbändern gesichert und zahllose Beamte waren dabei, den Tatort nach Spuren zu untersuchen. Ihr Fluchtwagen stand nahe der Bank, war aber anscheinend für die Polizei nicht von Interesse.

Die beiden schlenderten zum Wagen, stiegen ein und fuhren unbehelligt davon, geradewegs zu dem Parkplatz, an der Landstraße im Biebertal, wo sie den zweiten Fluchtwagen geparkt hatten. Damit rasten sie unverrichteter Dinge zurück nach Dortmund. Kevin schlug wütend aufs Lenkrad.

»Verdammt!!! Es kann doch wohl nicht sein, dass wir ohne die Kohle zurückkommen, Hirni, sag mir, dass das nur ein böser Traum ist.«

»Lass uns ein paar Tage abwarten und die Nachrichten verfolgen Kevin. Wenn die ehrliche Landbevölkerung dort das Geld in der Plastiktüte findet, werden sie es vermutlich zurückgeben und dann war`s das für uns.«

»Und wenn die nicht ehrlich sind, die Finder?«

»Dann werden wir es wohl nie erfahren.«

»Fuck!!!« Psychos Augenlid zuckte bedrohlich.

*

Im meinem Büro wartete bereits Berti, der sich um Capone gekümmert hatte.

»Hast du den Überfall mitbekommen?«, fragte Berti neugierig.

»Na sicher! Das konnte man ja nicht übersehen. Du etwa auch?«

»Klar! Ich hab den Krach gehört und bin gleich raus und in die Zahlstelle.«

»Zahlstelle? Du meinst, du warst in der Bank?!«

»Bank? Nee, in der Zahlstelle? Da lagen aber nur zwei Männer und zwei Frauen auf dem Boden und jammerten.«

»Keine Gangster?«

»Nee, dann gab es einen richtig lauten Knall und viel Nebel. Mir ist vor Schreck ein Darmwind entfleucht, aber das ist nur den dann hereinstürmenden Männern aufgefallen.«

»Dann sind die Bankräuber also schon fort gewesen, als die Polizei eintraf«, sinnierte ich.

»Sagte ich doch.«

Ich stellte den Weidenkorb in meine Werkstatt.

»Berti, ich geh dann mal zum Frühschoppen auf den Festplatz, willst du mit?«

»Nee lass mal, rauchen kann ich auch hier und mit dem Trinken, du hast es ja gestern erlebt, das fällt so durch und bringt nichts - ich bleib hier bei Capone.

»Na gut, ich bin so gegen Zwei im Goldenen Hahn zum Essen. Vielleicht sehen wir uns ja dort.«

Berti nickte zustimmend. Draußen marschierte gerade der Rest des Schützenzuges auf dem Weg zum Festplatz vorbei. Zwei Typen, die ich hier noch nie gesehen hatte, scherten aus und begaben sich zu einem in der Nähe geparkten Wagen. In der Hoffnung auf einen unterhaltsamen, feuchtfröhlichen Frühschoppen, reihte ich mich in den Festzug ein.

11

Der Dienstagmorgen begann für mich um 13 Uhr. Verschlafen und noch immer etwas desorientiert wankte ich zur Scheune und dort ins Büro. Ich ließ mich in meinen Sessel fallen und musste mir gleich Berties Weisheiten in Punkto Lebenshilfe anhören.

»Manchmal hat es Vorteile, nicht trinken zu können.«

»Behalte deine Weisheiten BITTE für dich.«

Berti lachte hämisch.

»Was ist mit dem Weidenkorb, den du gestern hier angeschleppt hast?«

»Der wird abgeholt.«

»Gelüstet es dem Leidenden vielleicht nach einem Glas Wasser?«

»Gerne, eure Schauerlichkeit. Eine Kopfschmerztablette wäre ebenfalls von Nutzen.«

»Wasser findest du im Schrank, hinter dir. Deine Blubberpillen stehen direkt daneben.«

»Danke, ist mir bekannt.«

Irgendwie hatte ich das Gefühl, dass Berti die Situation genoss.

»War es noch spät, gestern?«, fragte er mit breitem Grinsen.

Ich sparte mir eine Antwort.

»Haste mal `n Tabakröllchen?«

Ich schob ihm die Schachtel rüber. Berti fummelte eine Zeitlang herum und brachte es tatsächlich fertig, sich eine Zigarette herauszufriemeln und sie mit Streichhölzern anzuzünden.

»Na? Was sagst du? Bin ich gut oder bin ich gut?«

Er grinste wie ein Breitmaulfrosch auf Speed.

»Ich bin beeindruckt Berti.«

Auch Capone gab ein zustimmendes Bellen von sich, was Berti natürlich noch mehr erfreute.

»Sag mal Alex, wir wollten uns doch die Briefe aus dem Schreibtisch näher ansehen.«

»Richtig!«, mir war allerdings nicht wirklich danach, jetzt in fremder Post zu stöbern. Ich war froh, dass ich nach dem harten Wochenende einigermaßen am Leben war. Ich griff hinter mir ins Regal und knallte Berti die Briefe auf den Schreibtisch.

»Du kannst ja schon mal anfangen.«

Berti schob die Briefe unschlüssig hin und her.

»Ich bin des Lesens nicht mächtig, Alex.«

Verblüfft blickte ich ihn an.

»Zu meiner Zeit konnten einfache Leute wie ich nicht lesen und schreiben. Das mag heute anders sein, aber ich kannte mich besser mit handwerklicher Arbeit aus. Lesen und Schreiben zu können, war nicht so wichtig.

»Ist doch kein Problem, mein Freund, ich lese sie dir vor.«

Er hatte gerade seine Kippe im Aschenbecher abgelegt, als meine Freundin Babsi, gefolgt von Hottes Freundin Kim hereinrauschte.

Babsi hatte glänzende Laune und winkte mit ein paar Briefen. Es war mir ein Rätsel, wie sie das machte, denn sie war auch erst um vier im Bett.

Babsi bemerkte, dass sich die Briefe auf meinem Schreibtisch bewegten, da Berti, den sie natürlich nicht sehen konnte, noch damit hantierte.

Schnell schloss sie die Tür, in dem Glauben der Wind wäre daran schuld.

»Oh! Du kannst schon wieder rauchen? Dann kann es dir ja so schlecht nicht gehen«, meinte sie und deutete auf Bertis, im Ascher glimmende Kippe.

»Sag mal, hier stinkt es wie im Pumakäfig!«

Sie riss das Fenster auf und ich blickte vorwurfsvoll zu Berti, der allerdings den Kopf schüttelte und mir grinsend zu verstehen gab, dass diesmal ich, die Wurzel des Übels war.

»Hier, deine Post! Hat mir Schnurrmanns Jupp gerade in die Hand gedrückt.« Sie warf mir ein paar Briefe auf den Tisch.

»Ich fass es nicht. Ist unser Postbote schon wieder fit?! Wenn ich überlege, was wir uns gestern Abend, an der Schnapsbude auf`m Festplatz, an Pinnekes reingeschraubt haben, kann ich das kaum glauben. Zum Schluss fing der Jupp noch mit Brausepulver an. Da schmeckt der Fusel wie Sprudel. Aber irgendwann hat es uns dann doch die Füße weggehauen.«

»Wann warst du denn zu Haues? Ich hab dich gar nicht gehört.«

»Keine Ahnung, Filmriss.«

Babsi deutete auf den Stapel Briefe.

»Neue Freundin?«, fragte sie provozierend.

»Die habe ich in dem alten Schreibtisch gefunden, den ich letzte Woche bei der Haushaltsauflösung mitgenommen hatte.«

Neugierig beugte sich Kim über die Briefe.

»Das ist ja interessant! Schau mal hier, Babsi, die Briefmarke. Wenn mich nicht alles täuscht, ist die verdammt wertvoll.«

»Ich wusste gar nicht, dass du dich mit Briefmarken auskennst.«

»Mein Stiefvater in Arnsberg, der sammelt Marken. Ich weiß noch, dass er mir mal ein Foto dieser Marke hier gezeigt hat. Audrey Hepburn ist da drauf. Die Erben der Schauspielerin hatten damals ihr Einverständnis verweigert, die Marke zu veröffentlichen. Deshalb mussten alle bereits gedruckten Marken vernichtet werden. Aber irgendwie sind ein paar der Briefmarken doch in Umlauf geraten.«

»Herr Hackenberg?!«, rief eine Stimme von Eingang meiner Antiquitätenscheune. »Sind Sie da?«
Ich runzelte verwundert die Stirn.
»Ja?! Hier hinten im Büro!«
Ein paar Sekunden später betrat Regina Schnatmann das Büro.
»Hallo Herr Hackenberg, Sie erinnern sich?«
»Ach ja, Sie sind die Reporterin von der Zeitung! Wegen des Schützenvogels, richtig?«
»Absolut. Aber deshalb bin ich heute nicht hier.«
Ich wandte mich an Babsi und Kim.
»Darf ich vorstellen, Frau Regina Schnatmann, meine Freundin Barbara Kley und Kim Lerchner, auch eine Freundin. Womit kann ich Ihnen helfen, Frau Schnatmann?«
»Es geht um den Bankraub gestern. Ihr Laden liegt doch fast genau gegenüber der Bank. Ich hatte gehofft,

dass Sie vielleicht etwas Ungewöhnliches bemerkt haben. Ich schreibe natürlich darüber und möchte die Story groß rausbringen.«

»Das tut mir leid, aber ich hatte gestern geschlossen und befand mich zum Zeitpunkt des Überfalls ziemlich weit hinten im Festzug. Daher kann ich Ihnen also wirklich nicht helfen. Aber das hab ich auch schon der Polizei gesagt.«

Ich warf einen kurzen Seitenblick zu Berti, der der Dame vermutlich sehr viel mehr hätte sagen können als ich, da er ja kurz nach dem Überfall und noch vor der Polizei, am Tatort war.

»Schade, ich hatte gehofft, von Ihnen mehr zu erfahren. Es ist verdammt schwer, an eine gute Story zu kommen. Die Polizei mauert, da sie ihre Ermittlungen nicht gefährden will. Dann mach ich mich mal wieder auf den Weg. Schade, aber trotzdem danke für die Info.«

Als sie sich zur Tür wandte, fiel ihr Blick auf den Umschlag mit der seltenen Briefmarke.

Neugierig schaute sich die Reporterin die Briefe an.

»Ist die echt?«

»Wer?«

»Na die Marke hier, Audrey Hepburn! Wenn ja dann kann ich Ihnen nur gratulieren. Ich hab vor einiger Zeit mal `nen Artikel darüber geschrieben.«

»Ich hab`s euch doch gesagt, die ist wertvoll!«, meldete sich Kim zu Wort.

»Aber sowas von!«, führte die Reporterin weiter aus. Die Audrey Hepburn Marke gilt als die wertvollste moderne Briefmarke der Welt. Als die „Blaue Mauritius Deutschlands" bezeichnet, erlangte die Briefmarke mit dem Porträt der Hollywoodschönheit Audrey Hepburn Berühmtheit. Im Jahr 2001 sollte die Marke mit dem Motiv aus dem Filmklassiker „Frühstück bei Tiffany" herausgegeben werden. Mehrere Millionen schon gedruckte Exemplare mussten vernichtet werden, als die Söhne der Schauspielerin ihre Zustimmung verweigerten. Sie mokierten, dass ihre Mutter rauchend dargestellt wurde. Dieses gesundheitsschädliche Verhalten wollten sie nicht auf einer Briefmarke verewigt sehen – mit besonderem Verweis auf den Lungenkrebstod ihrer Mutter.«

Berti schaute mich verständnislos an. Klar, die erste deutsche Briefmarke kam erst im Jahre 1849 im Königreich Bayern auf den Markt, da war Berti schon eine geraume Zeit tot. Ich bedeutete ihm zu warten, bis unsere Besucher fort wären.

»So mussten 14 Millionen Marken vernichtet und

bereits verschickte Testdruckbögen zurückgefordert werden. Allein drei Zehnerbögen, die an das Finanzministerium gingen, kamen nicht zurück«, beendete die Reporterin ihre Geschichtsstunde.

»Ausgerechnet das Finanzministerium«, warf Babsi ein. »Bei mir jeden Löffel dreimal rumdrehen und dann sowas.« Babsi hatte im vorletzten Jahr unliebsame Erfahrungen mit dem Finanzamt machen dürfen.

»Und wie viel ist die heute wert?«, fragte ich als Markenbesitzer neugierig.

»Ich schätze so achtzig.«

»Ach so, und ich dachte schon, ich sei jetzt alle meine Sorgen los.«

»Achtzigtausend, Herr Hackenberg«, vervollständigte sie den Satz trocken. »Darf ich über Ihren Fund berichten? Ich meine, dann wäre mein Besuch hier heute nicht so ganz umsonst gewesen.«

»Sicher, dann ich bringe das gute Stück aber am Besten gleich in meinen Tresor bei der Bank. Falls Ihr Bericht irgendwelche finsteren Gestalten auf dumme Gedanken bringen sollte.«

Die Reporterin schoss noch ein paar Fotos der Briefmarke auf dem Couvert und verabschiedete sich dann.

12

An nächsten Morgen stellte ich so gegen neun die Werbeschilder für meinen Antiquitätenhandel an die Straße. Dann zog ich auf dem Rückweg die Tageszeitung aus dem Briefkasten und warf sie auf den Schreibtisch im Büro. Mit einem Besen befreite ich die Werkstatt von den Resten des Schützenvogels, als mein Blick auf den Weidenkorb der Vogelträger fiel. Der könnte auch so langsam mal abgeholt werden, ging es mir durch den Kopf.

»Alex! Da ist ein Bild der Briefmarke in der Zeitung!«, rief Berti aus dem Büro.

»Warte, ich komme!«
Ich fegte die letzten Sägespäne zusammen und ging zu Berti und Capone ins Büro.

»Schau mal, die Frau hat ein Bild der Briefmarke veröffentlicht!«

»Lass sehen. - Tatsächlich! Und sogar auf Seite Eins!«
Stumm überflog ich die ersten Zeilen des dazugehörigen Artikels.

»Da ich des Lesens nicht mächtig bin, weide er sich nicht an meiner Neugier, sondern lese er vor. Laut, wenn es beliebt.«

»Entschuldige bitte, also gut, hör zu:

Sensationsfund in alter Komode!

»Das ist ein Schreibtisch und keine Kommode!«

»Bitte unterbrich mich nicht Berti. Also nochmal:

Sensationsfund in alter Kommode!
Am Montag entdeckte ein Ortsan-
sässiger Antiquitätenhändler
einen Stapel Liebesbriefe in einer
alten Komode, die eigentlich auf
den Sperrmüll wandern sollte. Bei
näherer Betrachtung machte er
eine sensationelle Entdeckung!«

»Kim hat die Briefmarke entdeckt, nicht du. Dir hätte
man die Marke auch auf einem Silbertablett servieren
können, und du hättest sie nicht erkannt.«

»Ist ja gut! Soll ich weiterlesen? Oder hat der Herr
weitere Einwände?«

»Ich wollt´ es nur mal anmerken.«

»Also:

Auf einem der Briefe klebte eine
Briefmarke mit dem Motiv der

Schauspielerin Audrey Hepburn. Da die Schauspielerin rauchend abgebildet worden war, hatten die Erben der Schauspielerin damals ihr Einverständnis, die Marke zu veröffentlichen, verweigert. Deshalb mussten alle bereits gedruckten Marken vernichtet werden. Aber irgendwie sind ein paar dennoch in Umlauf gekommen. In der Vergangenheit erzielten sie, bei verschiedenen Auktionen, Preise zwischen 50.000 und 90.000 Euro. Da die Besitzerin der Briefe verstorben ist und es keine weiteren Erben gibt, kann sich der Antiquitätenhändler vermutlich über ein stattliches Sümmchen freuen, sollte er die Marke denn versteigern lassen. RS

»Wo ist die Marke jetzt?«

»Ich hab sie in meinem Safe bei der Bank

untergebracht. Dort ist sie sicher. Gut, dass die Reporterin nicht erwähnt hat, dass der Schreibtisch eigentlich der Kirche vererbt worden war, sonst hätt ich die jetzt garantiert an der Strippe. Bei Geld hört bei denen wahrscheinlich auch der Spaß auf.«

Berti nickte wissend. Mit der Kirche, zu Zeiten der Inquisition, hatte er außgesprochen schmerzhafte Erfahrungen gemacht.

13

Es schüttete wie aus Eimern.

Ossie und Ritchie werkelten in der Scheune, um alles für den nächsten Wettabend, der am morgigen Freitag stattfinden sollte, vorzubereiten. Ossie hatte die Birne des Beamers ausgetauscht und Ritchie schleppte kistenweise Bier hinter den Tresen. Ab Freitag wollten sie auch Flaschenbier anbieten, da das von einigen Besuchern verlangt wurde. Auch die Musikanlage musste noch neu verkabelt werden, damit den Gästen, während der Wartezeit, nicht langweilig würde.

»Ossie, glaubst du diese Typen werden nochmal auftauchen?«

»Du meinst die Chinesen?«

»Klar.«

»Ich habe auf dem Schützenfest mit Alex darüber gesprochen. Er will morgen mit Hotte und Kim vorbeikommen und ein wenig mit aufpassen.«

Knarzend öffnete sich das Scheunentor.

Ossie und Ritchie schauten neugierig, wer da zu Besuch kam.

»Tach Jungs!«

Willi Wischnewski nahm die nasse Polizeimütze von

Kopf.

»Sauwetter, altes Verdammtes.«

Er klopfte das Wasser von der Mütze, richtete wie üblich ächzend seine Uniformhose und schaute sich neugierig in der Scheune um. »Na, wat wird dat denn hier? Illejales Jlücksspiel?«

»Sheriff, das siehste aber jetzt vollkommen falsch, woll.«

»Ach? Hab jehört, ihr hättet Probleme mit dem Brandschutz?«

»Wer sagt denn sowas?«

»Ihr wisst doch, wie dat auf`m Dorf ist. Da kannste nix lange jeheim halten.«

»Was willste denn wirklich, Willi?«

»Ich will einfach nur meine Ruhe Jungs. Ich mag kein Stress im Dorf und ich mag kein Osterfeuer, außer an Ostern. Ich hab so schon jenuch umme Ohren. Also haltet euch von bösen Jungs fern und lasst euch nich erwischen, woll.«

»Hier ist alles legal Willi, ehrlich.«

»Ja, ja, und ich bin der Weihnachtsmann.« Willi wandte sich zum Gehen. »Ach eins noch.«

»Ja?«

»Wat kost dat denn hier?«

»Wie jetzt?«

»Na sagen wir mal C5, am kommenden Freitag.«

»C5? Wir verkaufen nur Schnäpse, Sheriff.«

Willi grinste Ossie an und hielt ihm einen Hunderter hin.

»C5 - am Freitag, für den Sheriff, woll.«

Ossie ging hinter den Tresen und notierte Willis Wette. Dann griff er sich ein Schnapspülleken und drückte es dem Dorfpolizisten in die Hand.

»Jeht doch«, meinte Willi grinsend.

»Was macht eigentlich der Bankraub, haste schon `ne heiße Spur?

»Nich wirklich, Jungs. Aber sacht ma, mir sind da am Montach zwei Typen aufjefallen. Direkt nach `m Schießen, als der Festzug wieder zurückmarschierte. Ihr wart doch auch am Ende des Umzugs. Habt ihr die vielleicht bemerkt? So im Nachhinein muss ich sajen, war`n die schon etwas verdächtig. Ham sich auch schnell ausm Staub jemacht, als ich sie anjesprochen hab. War ´n wohl nich von hier.«

»Wie sahen die denn aus?«

»Na zwei so dürre Bohnenstangen. Der Eine in som langen schwarzen Ledermantel wisst ihr, son Schango für Arme. Der andere mit beigefarbener Popeline Jacke und Kordhose Typ Lieblingsschwiejersohn. Auf jeden Fall reichlich nervös, die beiden.«

»Jetzt wo du`s sagst«; meldete sich Ritchie. »Stimmt, die hab ich gesehen. Der eine hat, während des Runtermarschierens, die ganze Zeit herumgemault. Scheiß Kaff und so. Als ich mich zu ihm umgeschaut hab, wurde der auch noch frech und hat Schlumpf zu mir gesagt.«

Willi musste sich ein Grinsen verkneifen.

»Wegen meiner blauen Haare weist du.«

Willi schüttelte mit gespieltem Unverständnis den Kopf.

»Hätt` ihm beinahe eins aufs Maul gegeben. Dann sind die aber - das muss so kurz vor der Volksbank gewesen sein, da sind die ausgeschert und zu einem Wagen gegangen. Hab mich noch gewundert, wo die hinwollten, wo es doch alle kaum abwarten konnten, auf`n Festplatz zu kommen. War ja schon spät genug, woll.«

»Ihr habt mir sehr jeholfen, Jungs!«

Willi tippte sich an die Mütze und verließ die Scheune.

Etwa dreißig Minuten später, Ossie und Ritchie lagen unter dem Verkaufstresen und verlegten die neuen Kabel des CD-Players.

»Reich mir mal die Lüsterklemme.«

»Die Dicke oder die Kleine?«

»Die Dicke.«

»Hier.«

»Zange, - noch `ne Klemme, - Gut, - Tupfer.«

»Hä?!«

»War`n Scherz - Operation am offenen Kabel«, sagte Ritchie grinsend.

»Hörst du das auch?«

»Ich hör nix, - aber irgendwie riechts hier verschmurgelt. Hoffentlich hab ich keinen Kurzen in der Leitung.«

»Hörst du? Die Herdringer Feuerwehr rückt aus. Irgendwo in der Nähe scheint`s zu brennen.«

Ossie bemerkte, dass sich die Sirenen näherten. Dann kroch er unter dem Tresen hervor.

»Ritchie, die Bude brennt!!!«

»Wie?! Wo?!« Ritchie wälzte sich ebenfalls unter der Theke hervor.

»Ach du Kacke!«

Mit Entsetzen sahen sie, dass eine Ecke der Scheune in Flammen stand. Sie stürmten nach draußen, wo gleichzeitig das Einsatzfahrzeug der Feuerwehr eintraf. Alles ging rasend schnell. Kaum fünf Minuten, nach der Ankunft des Löschfahrzeugs war das Feuer auch schon gelöscht.

»Da habt ihr aber nochmal Schwein jehabt Jungs!«,

meinte Einsatzleiter Jürgen Schwinghammer mit Blick auf die verkohlten Bretter der Scheunenwand. »Fünf Minuten später, und eure Scheune wär` Jeschichte jewesen.« Schwinghammer blickte sich suchend um. »Wie konnte denn dat überhaupt passieren. Ich meine, dat fängt doch nich einfach so an, zu flackern? Und dann noch bei dem Sauwetter heute.«

»Kann ich mir jetzt auch nicht erklären«, sagte Ossie ausweichend und warf Ritchie einen warnenden Blick zu.

»Na gut Jungs, da seid ihr ja nochmal mit `nem blauen Auge davonjekommen«.

Schwinghammer und wandte sich an seine Männer, die bereits die Ausrüstung im Löschfahrzeug verstaut hatten.

»Abrücken Jungs!«

»Jürgen warte!« Ritchie rannte in die Scheune und kam mit einem Kasten Bier zurück. »Lassts euch schmecken! Ohne euch ständen wir jetzt vor einem Trümmerhaufen.«

»Danke Jungs und hoffentlich nicht bis zum nächsten Mal!« Er tippte sich an den Feuerwehrhelm und kletterte in den Löschzug.

Ossie und Ritchie blickten dem sich entfernenden Einsatzfahrzeug hinterher.

»Das war `n garantiert diese Schlitzaugen, da wett ich drauf!«, schimpfte Ritchie wütend.

In dem Moment rauschte auch schon Willi mit seinem Polizeiwagen auf den Hof.

»Wat hab ich euch eben jesacht!!? Kein Osterfeuer, außer zu Ostern!«

»Willi, das war ein Unfall. Da muss sich irgendwie was entzündet haben«, versuchte Ossie den Dorfpolizisten zu beschwichtigen.

»Papperlapapp! Dat kanze deiner Omma erzählen!« Willi blickte zur Scheune herüber. »Ich denke, ihr habt euch mit den falschen Leuten anjelecht, so wird`s jewesen sein, woll!«

»Willi, wir kriegen das schon hin. Alex, Hotte und Kim werden morgen Abend auch hier sein. Sozusagen zum Schutz.«

»Leute, wenn ich euer System richtich verstanden hab, werden hier morjen Abend locker an die hundert Leute in der Scheune rumhängen! Stellt euch mal vor, dann brennt die Bude! Dat jibt Tote!«

»Komm Willi, halt `n Ball flach. Ich trommel noch `n paar Kumpels zusammen, die werden sich um die Scheune verteilen und Wache halten.«
Willi blickte Ossie skeptisch an.

»Ehrlich, Willi.«

»Na jut, ich werd euch nich helfen können. Ich koche

morgen im Joldenen Hahn.«

14

»Ey Alter, du stehst mit 6500 Schleifen bei mir in der Kreide, ist dir das eigentlich klar?«

Kevin hockte schlechtgelaunt in Jörgs Wohnzimmer. Er hatte gerade die zweite Flasche Bier geöffnet, die Jörg eiligst wieder mittig auf dem kleinen gehäkelten Untersetzer platzierte, um den Fliesentisch zu schonen.

»Ob die das Geld schon gefunden haben?«, versuchte er, Kevins Gedanken in eine andere Richtung zu lenken. Der zappte genervt durch die Programme.

»Mach mal auf WDR Regionalprogramm Siegen, die bringen auch was aus dem Sauerland.«

»Wo hast du denn den Scheiß WDR?!«

Psychos Augenlid zuckte verdächtig und er donnerte die Fernbedienung auf den Tisch. Jörg zuckte zusammen. Er blickte auf die abgesplitterte Ecke des Gehäuses der Fernbedienung.

»Nicht so schlimm, das kann ich kleben.«

Hektisch suchte er mit zitternden Händen den Sender.

»Jörg, wie gedenkst du, mir die sechstausendfünfh- ».

»Da! Ich hab den WDR! Die Aktuelle Stunde! Die Bank! Da sieh nur! Ein Bild unserer Bank!«

»Schnauze!!«

- Banküberfall. Von den 85.000 Euro, die die Täter erbeutet haben, fehlt nach wie vor jede Spur. Der verletzte Geldbote ist mittlerweile auf dem Wege der Besserung. Hat aber bei dem Überfall einen Finger verloren. Die Polizei sucht im Zusammenhang mit dem Raub nach diesen beiden Männern.

Zwei Phantombilder wurden eingeblendet, die Jörg und Kevin durchaus ähnlich sahen und Willis Zeugenbeschreibung entstammten.

Wer sachdienliche Hinweise zu den Gesuchten geben kann, möge sich bitte mit der zuständigen Polizeidienststelle Neheim-Hüsten in Verbindung setzen.

Am unteren Bildrand wurde die Telefonnummer eingeblendet.

So und nun zu erfreulicheren Dingen.
Ein Antiquitätenhändler aus dem kleinen Dorf Herdringen im Sauerland hat den Fund seines Lebens gemacht. In einer alten Kommode entdeckte er Liebesbriefe an eine kürzlich verstorbene Dame.

114

Im Hintergrund wurde ein blassblauer Umschlag eingeblendet, auf dem die Hepburnmarke deutlich zu sehen war.

Die Moderatorin berichtete von der Geschichte der Marke, und dass ein paar der Marken beim Finanzamt zur Prüfung gelandet waren, bevor die ganze Serie vernichtet worden war. Und genau diese Marken seien irgendwie in Umlauf geraten.

...Die Marke wird auch die deutsche Mauritius genannt.

»Mach aus den Scheiß! Hast du das gesehen?! Die ham uns erkannt!«

»Die wissen nichts Psycho. Ich vermute, wir sind diesem Polizisten verdächtig vorgekommen. Was musstest du auch so `n Aufstand machen.«

»Schnauze! Jetzt bin ich wohl schuld, dass du die Beute so dämlich versteckt hast!«

»Aber -?«

»Red nich immer dazwischen! Hast du gehört? Die Kohle ist noch nicht aufgetaucht! 85.000 Hirni, 85.000 Kracher liegen irgendwo in diesem Scheißkaff und irgend son Bauerntölpel freut sich jetzt wie Bolle.«

Die letzte Hepburn-Marke, welche versteigert wurde,
brachte dem Besitzer einen Erlös von 85000 Euro. Der
Finder beabsichtigt, die Marke in naher Zukunft
versteigern zu lassen, oder an einen interessierten
Sammler zu verkaufen.

»Hast du das gehört?! 85000 Euro?!! Und dann zufällig
noch in demselben, verschissenen Dorf!!! Das stinkt doch
zum Himmel!«, schimpfte Kevin und schaute Jörg
auffordernd an.

»Nun sag doch auch mal was!!«.

»Ja, ein bisschen viel Zufall. Vielleicht hat der
Antiquitätentyp die Beute gefunden und Sache mit der
Marke nur erfunden, um seinen plötzlichen Geldsegen
erklären zu können.«

»Ein Antiquitätenhändler. - Der sollte in dem Kaff
doch schnell zu finden sein. Morgen machen wir uns auf
den Weg und fühlen dem Typen mal gehörig auf den
Zahn!«, beschloss Kevin wütend.

»Die haben uns gesehen, Kevin. Wir können dort nicht
so einfach herumlaufen. Stell dir vor, der Polizist erkennt
uns wieder!«

»Dann lass dir halt was einfallen! Du bist doch hier das
Superhirn mit dem Schuldenberg.«

»Hmm, - wir brauchen eine gute Verkleidung.«

Kevin horchte auf.

»Verkleidung? Die Idee könnte von mir sein.
Verkleidung ist mein zweiter Vornahme. Dafür bin ich
genau der richtige Mann. Ich bin schließlich Schauspieler!
Das ist überhaupt kein Problem für mich. Meine Glatze
tarne ich mit einer Perücke und den Bart rasier ich mir ab.
Dazu `n paar bäuerliche Klamotten, das sollte genügen,
um in dem Dorf nicht aufzufallen.«

»Und ich? Willst du mir jetzt etwa `ne Glatze scheren?«

»Das würde keinen Sinn machen. Da wir uns von der
Statur ähnlich sind, wäre das nur ein Rollentausch und wir
könnten trotzdem erkannt werden.«

»Sieh mich an, was fällt dir als Erstes an mir auf?
Woran würdest du mich wiedererkennen, Kevin?«

»An deinen saublöden Klamotten. Du siehst aus,
wie `n Milchbubi auf Brautschau. Aber lass mich nur
machen, da fällt mir schon was ein.«

Kevin knallte die Bierflasche bewusst neben den
Untersetzer.

»Was ist mit Bier?!«

*

Im 350 Kilometer entfernten Hamburg hatte Fiete

Küstnacht ebenfalls gerade sein Bier geleert. Jetzt starrte er fassungslos auf den Fernseher. Da seine Frau verreist war, sie besuchte gerade für eine Woche ihre Schwester in Kiel, schaute er die letzte Zeit öfter den Regionalsender aus dem Sieger-und Sauerland. Er machte sich Sorgen um Sofie. Genau wie Fiete, war auch sie nicht mehr die Jüngste. Er fuhr sich mit der Hand durch das strubbelige graue Haar. Seine letzten Briefe hatte Sofie nicht beantwortet. Er hatte die nette alte Dame während einer Kur in Bad Sassendorf kennen und lieben gelernt. Seine Frau Elfriede durfte natürlich nichts davon wissen und so schrieben die beiden sich heimlich, romantische Briefe. In zwei Monaten planten sie, sich wieder auf einer Kur treffen. Der Kuraufenthalt war bereits gebucht, da ihm sein Rücken wieder Probleme bereitete. Die Krankenversicherung übernahm sogar die Kosten, was für Fiete aber eher zweitrangig war. Fiete hatte Rücken. Dagegen musste was getan werden. Koste es, was es wolle.

»Tod??«, murmelte er kraftlos, »Sofie ist tot???«
Tränen schossen ihm in die Augen - deshalb hatte sie nicht geantwortet.
Den im Fernsehen gezeigten Briefumschlag hatte Fiete sofort wiedererkannt. Nicht an der Marke. Die lag damals

zufällig in einer alten Zigarrenkiste, welche er nach dem Tod seines Bruders bei der Haushaltsauflösung mitgenommen hatte. Dass die Marke so immens wertvoll war, hatte er nicht gewusst. Er interessierte sich nicht für Briefmarken, fand es nur ganz praktisch, keine kaufen zu müssen, da die Gummierung auch noch intakt war. Sein Bruder Walter hatte immer alles verwahrt. Man könnte es ja nochmal gebrauchen, war seine Devise. Walter hatte bis zu seinem frühen Tod im Finanzministerium gearbeitet und schon aus Gewohnheit jeden Cent zweimal rumgedreht.

Fiete fasste einen Entschluss. Er musste schnellstens in dieses Dorf im Sauerland reisen. Mit dem Antiquitätenhändler sprechen, bevor der die Briefe entsorgte. Es ging ihm nicht um die Marke, denn finanziell ging es ihm hervorragend, er hätte nur gerne seine Briefe zurück, als Andenken an Sofie. Fiete startete seinen Computer und suchte nach der nächsten Zugverbindung zum Bahnhof Neheim Hüsten, der laut Internet, Herdringen am Nächsten gelegenen Bahnstation. Danach googelte er die Telefonnummer des Antiquitätenhändlers, was nicht so schwierig war, da es in dem Dorf nur den einen gab.

Zwei Telefone verbanden mein Büro mit dem Rest der Welt. Das Eine für Antiquitätenhandel, Restaurierungen und Wohnungsauflösungen Hackenberg, das Andere für die Detektei Hackenberg, kompetent, verschwiegen und erfolgsorientiert. Das Antiquitätentelefon klingelte jetzt laut.

»Antiquitätenhandel, Restaurierungen und Wohnungsauflösungen Hackenberg, wie kann ich Ihnen helfen?«, meldete ich mich in der Hoffnung auf ein gutes Geschäft.

»Küstnacht hier, Fiete Küstnacht. Ich habe eben einen Fernsehbericht über eine seltene Briefmarke gesehen.«

»Äh - ja?«

»Na ja, die Briefe sind von mir.«

»Von Ihnen? Die Briefe?«, ich war etwas unvorbereitet auf diesen Anruf und ordnete meine Gedanken, während ich dem Anrufer antwortete.

»Na, die Briefe, welche Sie in der Komode gefunden haben! Sie haben es eben im Fernsehen gebracht. Die Briefe sind von mir. Ich habe sie an Sofie geschrieben.«

»Oh! - Ja und wie kann ich Ihnen jetzt helfen? Geht es um die Marke?«

»Nein, ich möchte auf keinen Fall unnötiges Aufsehen.

Meine Frau, wissen Sie?«

»Ihre Frau? Die alte Dame? Diese Sofie? Mein herzliches Beileid für Ihren Verlust, Herr -äh- .«

»Küstnacht, Fiete Küstnacht. - Nein! - Die Sofie ist nicht meine Frau! Herrgott sind Sie schwer von Kapee. Meine Frau darf von den Briefen nichts wissen, die lebt nämlich noch. Sofie war nicht meine Frau!«

»Nicht?! - Ah! Jetzt versteh ich.«

»Na endlich.«

»Also von mir erfährt sie nichts, wenn Sie das meinen.« Ich nahm einen der Liebesbriefe in die Hand und suchte nach einem Absender. Richtig, F. Küstnacht stand da in kaum lesbarer Schrift.

»Mir geht es um die Briefe, Herr Hackenberg. Die sind schon sehr persönlich, wissen Sie.«

»Ich versichere Ihnen, ich hab sie noch nicht gelesen.«

»Könnte ich die Briefe bitte zurückhaben? Es geht mir nicht um die Marke, die können Sie gerne behalten. Es geht mir finanziell so gut, das ich das Geld nicht brauche.«

»Also, äh, ja, selbstverständlich gebe ich Ihnen die Briefe zurück. Sagen Sie mir einfach, an welche Adresse ich sie schicken soll.«

»Nein, auf keinen Fall mit der Post! Meine Frau, wissen

Sie. Ich kann ja nicht ständig den Briefkasten bewachen. Ich könnte morgen bei Ihnen vorbeikommen und die Briefe persönlich abholen. Wäre Ihnen das Recht?«

»Selbstverständlich. Ich gebe Ihnen meine Handynummer, da ich möglicherweise nicht immer vor Ort bin. Rufen Sie einfach an, wenn sie hier sind.«

Nachdem ich das Gespräch beendet hatte, schaute ich Berti grinsend an.

»Sachen gibts.«

Ich berichtete ihm von dem Gespräch.

»Tja, das hat anscheinend die Jahrhunderte überdauert. War schon zu meiner Lebzeit nix Außergewöhnliches.«

»Was?«

»Na, `ne Zweitfrau. War aber mehr was für die Reichen.«

15

Ein paar Stunden später besuchte mich Ossie in meinem Büro. Er entschuldigte sich nochmals für das Malheur mit dem Schützenvogel.

»Ist doch nochmal gut gegangen Ossie. Ich kann mir allerdings auch nicht erklären, wo so plötzlich der Gestank herkam.«

Berti grinste verschwörerisch.

Dann berichtete mir Ossie haarklein, was gestern in seiner Scheune vorgefallen war und wer seiner Meinung nach dahintersteckte.

»Alex, du bist doch Privatdetektiv, kannst du uns helfen?«

»Wenn ich das richtig sehe, habt ihr die chinesische Wettmafia am Hals. Da fragst du mich Provinzschnüffler, ob ich dir helfen kann?! Vielleicht solltest du besser mit Willi sprechen.«

»Ich dachte ja nur. Weist du, wir, also der Ritchie und ich, wir wollen nicht sofort son Fass aufmachen. Mit den Wettveranstaltungen bewegen wir uns ja irgendwie in einer Grauzone, woll.«

»Grauzone?«

»Na ja, illegales Wettspiel und so. Also die Polizei wäre

im Moment der falsche Ansprechpartner, glaube ich. Sag mal, du hast doch erst kürzlich so `nen schweren Fall gelöst. Das waren doch ganz harte Jungs, wie man gehört hat. Drogenhändler, wenn ich das richtig mitbekommen habe.«

Ich schaute kurz zu Berti herüber, der sich für meinen Besucher unsichtbar im Sessel fläzte, Capone den Nacken kraulte und mit seiner tiefen Stimme bestätigend sagte: *»Da hat er recht mein Freund. Wir sind gar nicht so schlecht.«* Mein Ego wuchs und machte sich kurzzeitig selbstständig.

»Na ja, das waren echt schwere Jungs, mit denen wir`s da zu tun hatten.«

»Na siehst du, ich wusste, ich kann mich auf dich verlassen. Hotte und Kim werden heute Abend auch in der Scheune sein«, antwortete Ossie, leicht irritiert von meinem kurzen Seitenblick zu dem anscheinend leeren Sessel.

»Dann sind wir zu dritt, Ossie. Nicht gerad viele, um eine ganze Scheune zu bewachen.«

»Die Jungs aus meinem Kegelklub kommen auch. Das sind nochmal acht.«

Das machte mir Mut.

»Na gut, ich komme vorbei. Aber erwarte nicht zu viel.

Wenn da irgendwelche Mafiosi mit Bleispritzen auftauchen, werd ich dir nicht viel helfen können.«

Ossie sprang auf und nahm mich in den Arm.

»Danke Alex, ich wusste, ich kann mich auf dich verlassen!«

Als er gegangen war, rief ich Hotte und Kim an. Wir besprachen, wie wir versuchen könnten, die Veranstaltung zu schützen.

16

Ein auf Macau beheimateter, goldfarben lackierter
Privatjet mit der Kennung LFZX setzte auf dem
Flughafen Dortmund zur Landung an. Die Tür wurde
von innen geöffnet und eine asiatisch anmutende
Stewardess, in ebenfalls goldfarbenem Outfit, klappte die
Trittstufen heraus. Ein schwarzer, überlanger Daimler
rauschte über das Rollfeld heran. Der uniformierte
Chauffeur sprang heraus und hastete um den Mercedes.
Er öffnete die hintere Tür, richtete hektisch seine
Schirmmütze und blickte erwartungsvoll zum Jet.
Zwei, an Sumo-Ringer erinnernde Gestalten kletterten
heraus, scannten aufmerksam die Umgebung und
positionierten sich links und rechts des Eingangs. Dann
sprach der größere der beiden in ein, am Handgelenk
verstecktes Mikrofon. Ein kleiner, etwas korpulenter, in
einen teuren Maßanzug gehüllter Asiate erschien in der
Tür und trug einen Mops auf dem Arm. Er flüsterte dem
Hund etwas ins Ohr, streichelte ihm über den Kopf.
Dann stieg er die drei Stufen herunter aufs Rollfeld und
steuerte, gefolgt von den beiden Sumo-Ringern, auf die
Limousine zu. Vor dem Wagen blieb er jedoch abrupt
stehen, redete hektisch mit seinen Bodyguards und

deutete immer wieder auf das Kennzeichen der Limousine. Erbost drehte sich der Asiate herum und bestieg wieder den Privatjet.

»Ist irgendwas nicht in Ordnung?«, fragte der Chauffeur verwundert.

»Die Nummel! DO-S-4444. Die Viel in China ein Unglückszahl. Viel heißt in unsele Splache Si. - Tod auch heißt Si. - Si hat selbe Laut wie Tod! Boss sehl, sehl - wie sagt man bei euch?«

»Abelglaubel«, kam ihm sein Kollege zur Hilfe.«

»Lichtig! Abelglaubel. Bitte sofolt Elsatzwagen, mit andele Nummel.«

»Ich glaub` mich klaun `se!«, murmelte der Chauffeur, zog sein Handy aus der Tasche und telefonierte mit seiner Chefin in der Mietwagenzentrale.

»Ja Erna, wenn ichs doch sach. Der Typ steigt nich ein, wegen die vier Vieren - na die aufes Nummernschild! Is angeblich abergläubisch, der Vogel.«

»Hä! Wat `n Heiopei!«

»Ja un nu??«

»Ich schick den Harry mit der anderen Limo. Der Kunde is Könich - kostet halt.«

»Wir schicken einen anderen Wagen! Dauert zwanzig Minuten!«, rief der Chauffeur dem Bodyguard zu und brauste davon.

»Ach und Chauffeur wir nicht Blauchen! Wir selbel fahlen.«

»Geht klar, Chef.«

17

Noch vier Stunden bis zur Wettveranstaltung.

Ossie und Ritchie kamen gerade von der Weide zurück.

Sie hatten dort die Kamera installiert und geprüft. Jetzt setzten sie sich zu einer kleinen Pause an die Verkaufstheke in ihrer Scheune.

»Pils?«

»Was denn sonst?«

Ossie öffnete zwei Flaschen Gerstensaft.

»Haste die Rindviecher klargemacht?«

»Logo! Der Anhänger steht schon, fertig zum Beladen, bei Kuhlmanns Jupp am Stall. Was ist mit Alex? Alles klar, für heut` Abend?«

»Alex und Kim kommen gleich vorbei, Hotte hat noch in der Werkstatt zu tun. Sie wollen sich die Gegend um die Scheune genauer ansehen und überlegen, wo sich unsere Kumpels aus `m Kegelklub heute Abend am Besten positionieren könnten.«

Plötzlich öffnete sich die, im Scheunentor eingelassene Tür. Ein, in einen Maßanzug gepresster Fleischberg, zwängte sich hindurch, wischte mit ärgerlicher Handbewegung imaginären Staub vom Revers, ließ kurz den Blick schweifen und walzte auf Ossie zu.

»Oswald Schallel?!«

»Schallerrrr, mit rrr - wer will das wissen?!«, entgegnete Ossie in einem Anflug von Selbstüberschätzung.

Der Fleischberg hob amüsiert eine Augenbraue und überhörte die Antwort.

»Boss waltet dlaußen! Möchte splechen mit Schallelllll!« Diesmal betonte er das L überdeutlich.

»Welcher Boss?«, mischte sich jetzt auch Ritchie in den Dialog ein.

»Boss auch mit dir sprechen will! Du Richard Mahlmann?!«.

»Wir sind beschäftigt. Keine Zeit. Rufen Sie doch an und machen Sie einen Termin.«

Der Fleischberg verdrehte genervt die Augen. Dann ließ er die Schultern rollen, bis es knackte. Mit irgendwie bedrohlichem Grinsen blickte er Ossie auffordernd an.

»Sie haben Glück, gerade ist ein Termin frei geworden«, lenkte dieser schnell ein. Er hatte zwar ein loses Mundwerk, wusste aber genau, wann sein Blatt ausgereizt war. »Komm Ritchie, lass uns lauschen, was dieser Boss, wer immer das auch ist, zu sagen hat.«

»Das wird nicht nötig sein«.

Ein kleiner, etwas korpulenter Chinese, der einen Mops

auf dem Arm trug, trat ein. Ihm folgte ein zweiter Fleischberg, mit schmerzverzerrtem Gesicht, der kaum durch den Türrahmen passte und kurzzeitig jegliches Sonnenlicht draußen hielt. Kim fixierte dessen Arm mit einem kompliziert aussehenden Griff und schob ihn vor sich her, in die Scheune.

»Ich glaube, sie können meinen Mitarbeiter jetzt loslassen, junge Frau«, sagte der kleine Chinese mit freundlichem Tonfall.

»Darüber muss ich erst noch nachdenken«, erwiderte Kim ebenso freundlich.

Hinter ihnen betrat ich, in meiner Eigenschaft, als von Ossie engagierter Privatdetektiv, die Scheune. Gefolgt von unserem Mops Capone und meinem nicht sichtbaren Mitarbeiter Berti.

»Ich vermute, Sie sind der Feuerteufel, der meinen Freunden die Scheune über dem Kopf angesteckt hat«, begann ich provozierend etwas für mein Geld zu tun.

»Liebe Freunde ich glaube, wir hatten einen schlechten Start.«

Der kleine korpulente Asiate mit dem Mops auf dem Arm sprach ausgezeichnetes Deutsch.

»Han Wu, mein Name, aber der wird ihnen nichts

sagen. Ich leite die Deutschlandabteilung eines weltweit operierenden Glücksspielsyndikats, mit Sitz auf der schönen Insel Macau.«

»Und in Ihrer Freizeit fackeln Sie Scheunen ab? - Oder was?!«, warf ich aufgebracht ein.

»China? Ist dass nicht ein wenig weit weg von hier?«, beteiligte sich jetzt auch Ossie am Gespräch. Er blickte Wu verwundert an und nippte an seinem Bier.

»Das mit dem Feuer tut mir leid. Die Täter wurden bestraft und befinden sich schon auf dem Rückflug in ihre Heimat.«

»Was wollen Sie dann noch hier? Vielleicht den Schaden am Gebäude begleichen?«, fragte ich.

In dem Moment sprang Bertis Mops Capone auf den Chinesen zu und wollte dessen Hund begrüßen, bei dem es sich wohl um eine Mopsdame handeln musste. Han Wu erschrak und drehte sich leicht vom angreifenden Capone weg. Ich fiel auf die Knie und hob abwehrend die Hände, um unseren Mops zu stoppen, gleichzeitig griff Berti reflexartig ein, bekam Capone am Halsband zu fassen und riss ihn zurück. Wenn es darauf ankam und er reagierte, ohne nachzudenken, entwickelte Berti außerordentliche Fähigkeiten.

Für alle, außer mir, musste die Szene so ausgesehen

haben, als sei Capone von der unsichtbaren Macht meiner Hände zurückgeschleudert worden.

Han Wu schaute mich ungläubig an, schien etwas sagen zu wollen, schloss aber dann wieder den Mund und schluckte schwer. Jegliche Überheblichkeit war aus seinem Gesicht gewichen und hatte einem Ausdruck von Unterwürfigkeit platz gemacht.

»Wa-was hatten Sie gefragt?«

»Was Sie denn noch hier wollen, hatte mein Freund gefragt, Mister Glücksspielsyndikat«, mischte sich Ritchie ein, der mich, genau wie Kim und Ossie, leicht verwundert anschaute.

»A-Angebot«, stammelte Wu noch immer verwirrt. »Ich bin hier, um Ihnen ein Angebot zu machen.«

»Wir hören.«

Han Wu wandte sich an Ossi: »Ich würde das gerne unter vier, beziehungsweise sechs Augen mit Ihnen besprechen.«

»Unsere Freunde dürfen ruhig mithören.«

Der Asiate warf mir einen ängstlichen Blick zu.

»Wo haben Sie so gut Deutsch gelernt, wenn ich fragen darf?«, sprach ich ihn an, um ihm etwas die Angst vor mir zu nehmen, die ihm noch immer deutlich anzusehen war.

»Ich habe in Hannover BWL studiert und dann lange in

verschiedenen deutschen Konzernen gearbeitet. Aber kommen wir zum Punkt.«

»Bitte Herr Wu.«

»Bevor ich beginne«, druckste der Chinese nervös herum, »habe ich eine kleine Bitte. Wir haben heute irgendwie was Falsches gegessen und müssten mal dringend vor die Tür.«

»Aber sicher, tun Sie sich keinen Zwang an. Die Toiletten sind dort drüben hinter der Garderobe.« Ritchie deutete auf den hinteren Teil der Scheune.

»Nein, nicht ich. Mimi.«

»Mimi?«

»Ja, Mimi, meine Mopsdame. Es geht ihr gar nicht gut. Mein Mitarbeiter würde sie dann draußen ihr Geschäft erledigen lassen. Wir haben auch eine Tüte mit - Sie wissen schon, wegen der Hinterlassenschaften.«

»Bitte, kein Problem. `Ne Tüte brauchen Sie hier nicht, wir sind aufm Land. Hier kackt so manches Viech ins Gebüsch,« meinte Ritchie grinsend.

»Oh doch, ich bestehe darauf. Ihr nehmt es hier in Deutschland sehr genau mit dem Umweltschutz. Ich bin Gast in diesem Land und respektiere das.«

Er machte Fleischberg eins ein Zeichen, worauf der sich in Bewegung setzte, den Mops mit spitzen Fingern übernahm und ihn weit von sich gestreckt nach draußen trug. Ich machte Kim ein Zeichen. Sie gab Fleischberg zwei frei und folgte dem Bodyguard. Berti blieb weiter bei uns und folgte interessiert der Unterhaltung.

»Tüten sind im Wagen!«, rief Wu seinem Mitarbeiter hinterher. »und dränge sie nicht! Lass ihr Zeit!!«
Er wandte sich wieder Ossie zu.

»Wo war ich stehengeblieben?«

»Sie wollten uns ein Angebot machen.«

»Ja - richtig! Also, - wir haben uns auf Online-Wetten spezialisiert. Dabei ist die Entfernung nur von untergeordneter Bedeutung. Genau, wie die Gesetze der jeweilig betroffenen Regierungen.«

»Aha.«

»Meine Mitarbeiter haben zufällig von ihrer Wettgeschichte gehört, als sie hier im Ort in einer Gaststätte zu Abend gegessen hatten und sich Leute am Nachbartisch darüber unterhielten. Ihre Idee mit der Kuhscheiße und der Wette ist nicht neu, aber Sie haben das Ganze wirklich sehr publikumswirksam aufgezogen. Die Leute in meiner Heimat lieben sowas.«

»Was genau?«

»Die Idylle hier, dieses Ursprüngliche. Man kann die Kuhscheiße förmlich riechen! Das könnten wir ganz groß aufziehen.«

»Wir?!«

»Ja, meine Herren. Ich biete ihnen eine Kooperation mit unserem Unternehmen an. Sie machen weiter wie bisher und wir übertragen die Wetten weltweit im Internet.«

»Ja, und wo ist der Haken? Ich meine, so etwas könnten Sie doch auch selbst auf die Beine stellen«, merkte Ossie zweifelnd an.

»Oder wir«, warf Ritchie ein.

»Sicher könnten wir das und Sie sicherlich auch. Es wäre aber für uns mit viel Aufwand verbunden und sie hätten schnell die Polizei auf dem Hals, wegen illegalen Glücksspiels.«

Ossie und Ritchie nickten wiederstrebend.

»Arbeitsteilung meine Herren, das ist meine Devise. Mache nichts selbst, was ein anderer besser für dich tun kann. Sie beide übernehmen die Arbeit hier vor Ort in dieser idyllischen Umgebung. Uns würde man hier nur mit Mistrauen begegnen. Bei Ihnen ist die ganze Infrastruktur schon fertig. Denken Sie nur an die ausgeklügelte Anlage zum Filmen der Kühe. Respekt meine Herren, Respekt.«

»Sie haben uns hinterhergeschnüffelt?«

»Das gehört zu meinem Job. Glauben Sie mir, ich bin sehr gut in dem, was ich tue.«

»Und wie stellen Sie sich das finanziell vor?«

»Fünftausend pro Wette, oder ich sollte besser sagen pro Kuhschiss.«

»Das ist aber ein hoher Einsatz. Ich glaube nicht, dass wir hier jemanden finden, der das Geld so locker sitzen hat«, mischte sich Ritchie ein, nahm einen tiefen Schluck aus der Flasche und unterdrückte vergeblich einen Rülpser.

»Sie missverstehen mich, meine Herren. Wir zahlen ihnen fünftausend Euro pro Übertragung von ihrer Kuhwiese, die wir im World-Wide-Web verbreiten dürfen.«

»Fünftausend pro Schiss?«

»Na gut meine Herren, ich erhöhe auf zehn Riesen«.

»Pro Woche?«

»Ich sagte doch - pro Übertragung. Wie viele Übertragungen könnten sie pro Woche Liefern?«

»Ja - äh - darüber müssten wir erstmal nachdenken«, meinte Ossie skeptisch.

»So etwa Sieben würde ich schätzen«, mischte sich Ritchie ein.

»Hast du `n Knall?! Sieben Übertragungen die

Woche!?«, meldete Ossie seine Zweifel an.

»Ossie, - reine Übertragungen, ohne dass wir hier mit Publikum arbeiten. Das reicht ja einmal in der Woche. Aber sieben Übertragungen könnten wir schon schaffen, Herr Wu.«

Ossie erkannte deutlich die Dollarzeichen in Ritchies Augen.

»Also gut meine Herren. Sind wir im Geschäft?«
Wu streckte aufmunternd seine Hand aus.
Ossie und Ritchie schauten sich an.

»Wir bräuchten schon noch eine gewisse Einarbeitungszeit. Also die ganze Logistik, die Kühe die Weide und alles.«
Sie starrten auf Wus Hand. Dann blickte Ossie mich an.

»Was hältst du davon Alex?«

»Wie das rechtlich aussieht, kann ich auf die Schnelle nicht beurteilen. Aber oberflächlich betrachtet liefert Ihr ihm nur Filme eines Rindviehs, das auf ein Koordinatensystem scheißt. Daran kann ich nichts Kriminelles erkennen.«

»Also gut Herr Wu, wir sind im Geschäft.«
Beide schlugen in die Hand des Chinesen ein.
In dem Moment kam Fleischberg zwei nebst Mops Mimi zurück in die Scheune, reichte Mimi an seinen Boss

zurück und raunte ihm etwas ins Ohr, worauf dieser die Brauen hob.

»Probleme?«, fragte ich neugierig.

»Nein, nein, es ist nur so, dass er eben die letzte Tüte verbraucht hat.«

»Tüte?«

»Ja, für Mimis Hinterlassenschaften - Sie verstehen?«

»Kein Problem!«, rief Ritchie, noch immer vom zukünftigen Geldsegen benebelt«, wenn wir was genug haben, dann Tüten. Hab ich mir heute bei unserem Dorfbäcker geholt, da wir hier so viel zu schleppen hatten.

Wir brauchen die jetzt aber nicht mehr. Sind zwar etwas groß für so `n kleinen Scheißhaufen, aber dafür nicht durchsichtig.«

Er drückte seinem neuen Geschäftspartner eine Handvoll blau-weißer Plastiktüten in die Hand.

»Danke, das ist sehr freundlich von Ihnen! Also dann! - Die Feinheiten hätte ich gerne heute Abend bei Ihrer Wettveranstaltung mit Ihnen besprochen, meine Herren. Aber da habe ich leider anderweitige Verpflichtungen.«

»Was halten Sie davon, am Sonntag nochmal vorbeizuschauen. Dann wollten wir eine Sonderziehung einschieben, zu Ehren von Ossies Geburtstag:«

»Sie feiern Ihren Geburtstag? Es ist mir eine Ehre dabei sein zu dürfen!«, erwiderte Han Wu lächelnd, »wo wir doch jetzt Geschäftspartner sind. Ach und entschuldigen Sie nochmals den Übereifer meiner Mitarbeiter. Das war von mir nicht autorisiert.«

Er zog ein Scheckbuch aus der Tasche, kritzelte eine Zahl auf den Scheck und überreichte ihn Ossie.

»Ich denke, die Summe wird den Schaden decken.«

Er wandte sich an Kim.

»Wenn Sie mal einen Job suchen, in meiner Sicherheitsabteilung wären Sie immer willkommen.«

»Danke, aber ich hab schon einen«, erwiderte Kim.

Als der Chinese und seine Begleiter die Scheune verlassen hatten, setzten wir uns alle an den Tresen. Ossie verteilte Bier und wir prosteten uns zu.

»Zehntausend mal sieben, das macht siebzigtausend Euro - die Woche!!!«, rief Ritchie ausgelassen.

»Oder zweihundertundachtzigtausend im Monat!!«, rechnete Ossie weiter und stieß grinsend seine Flasche gegen Ritchies.

»Wir sind reich!«

»Was glaubt ihr, wie viel dieser Wu pro Wette verdient?«

»Keine Ahnung, Millionen vermutlich, wenn du überlegst wie weit der das verbreitet«, antwortete ich.

»Und wie schnell der von fünf auf zehntausend gegangen ist«, warf Ossie ein. »Der muss das Geld ja mit der Schubkarre nach Hause fahren.«

»Ossie, wenn ich mir euren Deal so ansehe, klagst du jetzt aber auf sehr hohem Niveau«, erwiderte ich grinsend.

In dem Moment erschien Berti neben mir.

»Alex, ich habe eben genau mitbekommen, wie erschrocken der Mann wegen Capone war. Er hält dich wohl jetzt für einen großen Magier.«

Da ich vor den anderen nicht antworten konnte, nickte ich nur leicht grinsend.

»Alex, Kim, ich glaube, wir brauchen eure Hilfe nicht mehr. Alex, schick mir die Rechnung. Heute Abend seid ihr natürlich eingeladen. Eine Wette pro Nase geht aufs Haus!«

»Hab ich was verpasst?!«

Hotte, der die ganze Zeit draußen Wache gestanden hatte, stand in der Tür und grinste. »Ihr werdet es nicht glauben, draußen steht 'ne Stretch-Limo und drei Mann plus Mops quetschen sich vorne rein.

Berti stieß mich grinsend an.

»Ich hab ihm, gerade als er in sein Auto einsteigen wollte, die Tür geöffnet. Daraufhin schien er mir etwas verwirrt. Er hat ganz

entsetzt zur Scheune geblickt und dann sind alle vorn eingestiegen.«

Mein Grinsen wurde breiter.

Alle, bis auf mich und Berti schüttelten verständnislos den Kopf.

18

Fiete Küstnacht bemerkte, dass der Zug langsamer wurde. Eine unverständliche Lautsprecherdurchsage kündigte scheppernd den nächsten Bahnhof an. Er schaute nach draußen und sah ein Bahnhofsgebäude näherkommen. Da! Neheim-Hüsten stand auf dem weißen Hinweisschild. Hastig raffte er seine Tasche aus der Gepäckablage und hastete zum Ausstieg. So gerade noch geschafft. Die Bahn könnte ruhig mal an einer besseren Akustik in den Zügen arbeiten, grummelte er vor sich hin, als er die Stufen zum Bahnsteig herabstieg. Nach einer kurzen Orientierung betrat er das triste Bahnhofsgebäude. Seine Blase meldete sich. Suchend blickte er sich nach einem Hinweisschild zu den Toiletten um. Fehlanzeige. Man war hier wohl von Reisenden mit einer robusteren Blase ausgegangen, als er sie vorweisen konnte. Jetzt verstand er auch, warum es im Tunnel unter den Gleisen eben so penetrant nach Urin gestunken hatte. Er verließ das Bahnhofsgebäude und steuerte auf ein Taxi zu.

»Moin, sind Sie frei?«

»Aber klar doch! Wo soll es denn hingehen?«

»Nach Herdringen«, antwortete Fiete und nahm auf

dem Beifahrersitz platz. Die Fahrerin startete den Motor und fuhr los.

»Sie klingen aber nicht wie von hier?«, fragte sie grinsend.

»Da haste recht meen Deern. Ich komm aus Hamburg.«

»Oh! Ich war auch schon mal dort, schöne Stadt«, antwortete die Taxifahrerin und bremste, vor sich gerade schließenden Schranken. »Was führt Sie hierher? Verwandtenbesuch?«

»Nee, ich suche jemanden. Einen Antiquitätenhändler in Herdringen.«

»Ach den Alex Hackenberg! Ja den kenn ich. Soll ich Sie direkt zu seiner Scheune bringen?«

»Oh ja, das wäre nett.«

Acht Minuten später bremste sie vor Alex Antiquitätenscheune und wünschte ihrem Fahrgast noch einen angenehmen Aufenthalt.

»Hallo Herr Hackenberg, ich wäre dann da. - Zwanzig Minuten? - Ja, kein Problem. - Der Laden ist offen? - Gut, ich schau mich in der Zwischenzeit mal um. Darf ich ihre Toilette kurz benutzen? Ja danke, gut, bis gleich dann.«

Fiete Küstnacht beendete sein Telefongespräch, steckte

das Handy in die Tasche und steuerte auf die Scheune zu. Rechts die Straße rauf bemerkte er einen kleinen, herrenlosen Mops, der immer an irgendetwas Imaginärem hochsprang, das wohl nur in seiner Fantasie existierte, dabei freudig bellte und dann um eine Ecke verschwand. Neugierig betrat der Rentner den Ausstellungsraum und fand nach kurzem Suchen die Toilette. Nachdem er sein dringendes Geschäft erledigt hatte, trat er aus dem WC in den Verkaufsraum. In dem Moment öffnete sich das Eingangstor und zwei Personen traten ein. Der eine, ein scheinbar aus dem Ohnsorg Theater entsprungener Bilderbuchbauer, in Begleitung der hässlichen Schwester von Mutter Beimer. Einer Frau in den späten Vierzigern, mit dem Schatten eines Damenbarts und ungebändigter, blonder Dauerwelle. Gekleidet in einen beigefarbenen Popelinemantel, unter dem das geblümte, knielange Oma-Kleid nicht gänzlich in der Lage war, ihre schlecht rasierten O-Beine zu verstecken. Niemand kann sich malen, aber man könne es doch wenigstens versuchen, dachte Fiete, während die beiden auf ihn zusteuerten. Die Frau hielt sich etwas abseits.

»Na, haben wir eine wertvolle Briefmarke gefunden?! Ist gar nicht so einfach 85.000 Lappen zu waschen was?!!«, herrschte ihn der Bilderbuchbauer in seinen grünen Arbeitsklamotten und anscheinend nagelneuen, schwarzen Gummistiefeln unvermittelt an.

»Bitte? Ich verstehe nicht? Sind Sie Herr Hackenberg? Ich sagte Ihnen doch bereits, dass ich nicht an der Marke interessiert bin. Küstnacht mein Name, wir hatten telefoniert.«

»Küstnacht? Durch diese hohle Gasse muss er kommen.

Es führt kein andrer Weg nach Küssnacht.«

Fiete Küstnacht schaute den Fremden ungläubig an.

»Schiller, Wilhelm Tell vierter Akt, dritte Szene! Da staunste, was?!«, klärte der Bauer ihn mit enthusiastischem Gesichtsausdruck auf.

»Küstnacht mein Name, nicht Küssnacht«, dämpfte Küstnacht dessen Enthusiasmus rapide.

»Nein, du bist dieser Hackenberg! - Jetzt macht er auch noch einen auf Doof, die Pfeife. Erst uns die Kohle filzen und uns dann auch noch verarschen wollen!!! Also, zur Sache, wenns beliebt! Raus mit den Penunsen, aber ein bisschen pronto!!!«

Fiete bemerkte, wie der Fremde nervös mit dem Auge zuckte.

»Jetzt hör mal zu, du Büttenwardaverschnitt. Ich habe nicht die weite Reise gemacht, um mich hier von dir und der Vogelscheuche da drüben, unverschämt anmachen zu lassen!«

Die hässliche Frau trat hinzu, flüsterte dem Bauern was ins Ohr und deutete auf die Werkstatt und einen dort stehenden Weidenkorb.

»War das ein gutes Versteck oder war das ein gutes Versteck!?«, triumphierte sie strahlend.

»Du musst dich nicht weiter aufregen, Opa. Wer mich bescheißen will, muss früher aufstehn! Das eben ist der Fluch der bösen Tat, dass sie fortzeugend, immer Böses muss gebären!« Der Bauer schaute ihn triumphierend an.

»Schiller, aus die Piccolomini«, trumpfte er erneut mit seinem Theaterwissen auf.

In einer fließenden Bewegung zog er dann einen Revolver mit aufgeschraubtem Schalldämpfer, drängte Fiete Küstnacht gegen einen offenstehenden Schrank aus dem neunzehnten Jahrhundert und stanzte ihm in einer fließenden Bewegung ein Loch zwischen die Augen.

»Bist du verrückt? Du kannst den doch nicht einfach erschießen!«, rief Jörg erschrocken.

»Warum denn nicht? Er fing an zu nerven, außerdem hätte er uns wiedererkennen können.«

»Mit DER Verkleidung??!«

In dem Moment fuhr draußen ein Wagen vor. Dann waren Stimmen zu hören.

»Alex, wir sind da um den Weidenkorb abzuholen!« Dann eine andere Stimme: »Das wurde aber auch Zeit. Ich schieb den schon von einer Ecke in die andere. Kommt mit rein! Ich war gerade noch, Besorgungen machen!«

Jörg schaute Kevin entsetzt an. Kevin blickte zu dem vermeintlichen toten Alex herab und zuckte mit den Schultern.

»Kolateralschaden. Gottseidank ist die Sauerei in den Schrank geflogen. Los, hilf mir, den Opa in den Schrank zu stopfen!«
Sie packten den Toten, wuchteten ihn in den jetzt innen von Blut und anderen unschönen Innereien versauten Kleiderschrank und schlossen die Türen.

*

Ich betrat, gefolgt von Klettmeiers Jupp und Scheuermanns Kalle die Scheune. Ich steuerte meine Werkstatt an und stellte die Plastiktüte mit Willis Zutaten, welche ich ihm eben extra besorgt hatte, neben den Weidenkorb. Dann klingelte im Büro das Telefon.

»Der Korb steht hier in der Werkstatt, Jungs!«, rief ich über die Schulter und trabte weiter ins Büro, wo ich mich in meinen Sessel fallen ließ. Nebenan hörte, wie Kalle und Jupp die Werkstatt betraten.

»Da steht er ja!«

»Können wir dir das Stroh hierlassen?!«, rief Kalle zum Büro herüber. »Dann brauchen wir es nicht extra zu entsorgen!«

»Ja, lasst ma hier, kein Problem!«, rief ich zurück und nahm gleichzeitig den Hörer ab.

»Alex Hackenberg?«

»Hier spricht Gabriele Würgassen, bin ich da richtig, bei dem Detektiv?«

Jupp klaubte derweil das Stroh aus dem Korb und entdeckte eine blau-weiße Plastiktüte unter dem Stroh.

»Und wat is mit die Tüte von Bäckerei Lampe?!«, rief Kalle abermals in Richtung Büro.

Ich hielt genervt die Sprechmuschel zu.

»Die Blau-weiße?!«

»Jau!«

»Die ist für Willi, da sind Zutaten drin für seine Kocherei heut` Abend im Hahn!«, rief ich zurück. »Der Willi holt sie gleich ab!« Dann widmete ich mich wieder meiner Anruferin.

»Entschuldigen Sie die Unterbrechung. Ist gerade etwas viel los hier. Womit kann ich Ihnen helfen?«

»Ach, es geht um meinen Mann. Ich glaube, er hat -. also nee, am Telefon ist das blöd, könnte ich nicht vielleicht vorbeikommen, dann könnten wir das unter vier Augen besprechen.«

»Aber sicher, wann würde es Ihnen denn passen?«

»Am Besten sofort. Ich bin grad ganz in der Nähe.«

»Gut, dann bis gleich, Frau Würgassen.«

Jupp nahm die Tüte aus dem Korb und stellte sie hinter einen Stapel Fichtenbretter. Kalle schnappte sich den Weidenkorb.

»Wir sin dann ma wech!«

»Alles klar Jungs!«, rief ich aus dem Büro und zündete mir eine Zigarette an. Dann fiel mir der Besucher aus Deutschlands Norden ein, Fiete Küstnacht. Hatte der nicht vorhin angerufen, dass er jetzt da sei?

»Den mach ich platt«, zischte Kevin in seinem Versteck

hinter einem alten Sekretär und zog den Revolver aus dem Schulterholster. »Der ist fällig!«
In dem Moment hielt ein Wagen vor dem Tor und eine Autotür wurde geöffnet.

»Hektisch hastete Jörg mit wehendem Kleid in die Werkstatt, griff sich die Plastiktüte und schlich zurück zu Kevin.

»Geile Reaktion Kumpel!«
Dann beobachteten sie, wie ein dicker Polizist die Scheune betrat.

»Alex?! Bist du da?!«

»Ja Willi, hier hinten im Büro!«
Schnaufend betrat Willi das Büro.

»Ich dachte, du wolltest es dir abgewöhnen«? Er deutete auf meine Zigarette.

»Ach du weist doch, wie das ist.«

»Da sachste wat«, antwortete Willi und zündete sich sogleich auch eine an.

»Pilsken?«

»Jau, is eh bald Mittach.«
Willi leerte die Flasche mit großen Schlucken, da er zwischendurch kurz an der Kippe ziehen musste.

»Puuh hatte ich nen Brand! So ich muss dann auch

schon widda. Haste an die Zutaten jedacht?!«

»Klar, die Tüte steht in der Werkstatt. Die Blau-weiße, von Bäckerei Lampe.«

In dem Moment krächzte Wills Funkgerät.

»11/01 für 11/32 kommen!«

»11/32 hört?!«

Wir haben einen Ladendiebstahl auf der Hauptstraße in Neheim, der Dieb konnte vom Ladendetektiv festgesetzt werden. Kannst du das übernehmen? Ist sonst keiner frei«.

»Bin schon unterwegs!«

Draußen im Verkaufsraum hatten Jörg und Kevin das Gespräch mitbekommen. Als Alex die blau-weiße Tüte erwähnte, stutzte Jörg leicht und blickte auf die Tüte in seiner Hand. Dann stieß er Kevin in die Rippen.

»Komm, lass uns verschwinden, wir haben, was wir wollten«, flüsterte er eindringlich. Er hatte keine Lust auf zwei weitere Leichen.

Grinsend nickte Kevin und hielt Jörg den Arm hin.

»Mein schönes Fräulein, darf ich wagen, meinen Arm und Geleit Ihr anzutragen?«

Jörg schaute ihn verständnislos an.

»Das war aus Goethes Faust du Unwissender.«

Jörg verdrehte genervt die Augen. Es war ihm ein Rätsel, woher Kevin seine Ruhe nahm.

Sie schlichen beide aus der Scheune und konnten sich so gerade noch hinter einem Busch verstecken, bevor sie sahen, wie der Polizist mit einer blau-weißen Plastiktüte am langen Arm herauskam, in seinen Streifenwagen sprang und davonraste.

In dem Moment war es vorbei mit Kevins Ruhe.

Sein Blick flog zwischen der Tüte des Polizisten und jener, die Jörg in der Hand hielt hin und her.

»Komm, lass sehen! Nu pack schon aus!«

Hastig öffnete Jörg die Tüte und erblickte ein, in weißes Packpapier eingeschlagenes Bündel.

»Na Gott sei Dank!«, entfuhr es ihm, »ich dachte schon, wir hätten die Falsche, als der Bulle eben mit der gleichen Tüte herauskam«.

Jörg schaute Kevin entsetzt an. Soweit hatte er noch nicht gedacht, obwohl das Denken eigentlich sein Job war.

»Nun Pack schon aus! Ich will es sehen.«

Zögernd nahm Jörg das Bündel aus der Tüte und riss es auf. Zum Vorschein kamen mehrere rohe Steaks und diverse Gewürze.

»Den mach ich platt, den Arsch!«

Kevins Augenbraue zuckte. Wütend stopfte er die

Kochzutaten zurück in die Tüte.

»Dafür ist jetzt keine Zeit! Wir müssen hinter dem Streifenwagen her. Der muss die richtige Tüte dabei haben und weiß es wahrscheinlich nicht einmal. Wenn der Polizist die Kohle findet, ist sie garantiert weg!«

»Hirni, du hast recht! Los komm! Schnell zum Wagen. Aber wo ist der jetzt hin?«

»Fußgängerzone Neheim, du hast es doch eben über Funk gehört.«

Kevin schleuderte die Tüte wütend vor die Eingangstür der Scheune und sie hasteten los.

*

Gabriele Würgassen betrat mein Büro. Berti war auch eben zurückgekommen, fläzte sich wie gewohnt in seinem Sessel und kraulte Capone.

»Herr Hackenberg?«

»Richtig! Und Sie müssen Frau Würgassen sein.«

»Ja.«

Gabriele Würgassen war geschätzt Mitte fünfzig und sehr attraktiv. Sie trug ein beigefarbenes Kostüm und dazu eine geblümte Bluse. Eine dezente Perlenkette vervollständigte ihr elegantes Erscheinungsbild. Attraktiv, aber nicht aufdringlich.

»Bitte nehmen Sie doch Platz.« Ich deutete auf den Besucherstuhl vor meinem Schreibtisch.

»Danke. Herr Hackenberg, ich will es kurz machen. Ich bin davon überzeugt, dass mein Mann mich betrügt.« Ich setzte mein teilnahmsvolles Gesicht auf. Jenes, das ausdrückte, wie ungeheuerlich mir Ihre Aussage vorkam, und dass ich mir eine solch frevelhafte Tat ihres Gatten in meinen kühnsten Träumen nicht würde vorstellen können.

»Aber Frau Würgassen, das ist ja entsetzlich! Wie kommen Sie darauf? Haben Sie ihn mit einer anderen Frau gesehen?«

»Nicht direkt. Aber immer wenn ich meinen Bridgeabend habe, geht er in seinen Golfklub. Er ist der Vorsitzende des Klubs, müssen Sie wissen. Und wenn er zurückkommt, riecht er irgendwie anders. So nach Parfüm wissen Sie. Eine Frau riecht das.«

»Und jetzt möchten Sie, dass ich Ihnen in der Sache Gewissheit verschaffe?«

»Das möchte ich in der Tat, Herr Hackenberg.«

»Wann haben Sie denn ihren nächsten Bridgeabend?«

»Nun, - schon heute.«

»Oh. Das ist ja wirklich kurzfristig. Eigentlich habe ich

heute schon andere Termine.«

»Herr Hackenberg, Sie würden mir einen großen Gefallen tun. Ich weiß nicht, ob ich diese Ungewissheit eine weitere Woche ertragen kann. Ich würde ihren Lohn, Preis oder wie sagte man - ?«

»Nennen wir es Aufwandsentschädigung.«

»Gut, Herr Hackenberg, egal was es kostet, ich verdopple den Preis.«

Ich hatte Babsi versprochen, heute Abend im Goldenen Hahn auszuhelfen, da ihre andere Hilfskraft verhindert war. Mein Blick fiel auf Berti.

»Ich glaube, das lässt sich machen. Ich muss ein paar Termine verschieben, aber - ja, möglicherweise kriege ich das hin. Bilddokumente kann ich Ihnen allerdings so kurzfristig nicht versprechen. Nichtsdestotrotz könnten Sie bis morgen Gewissheit haben, ob an Ihrer Vermutung was dran ist.«

»Oh, das wäre großartig!«

»Sie glauben also, er trifft sich mit seiner Geliebten im Golfklub?«

»Ja, so muss es sein.«

»Schön, Frau Würgassen, ich melde mich, sobald ich etwas herausgefunden habe.«

»Phantastisch! Danke Herr Hackenberg!«

»Warten wir ab, was wir, - äh - ich herausfinde«,
dämpfte ich ihren Enthusiasmus ein wenig.

Als sie das Büro verlassen hatte, wandte ich mich an
Berti.

»Traust du dir das zu?«

»ICH!?? Alleine??!«

»Ja sicher. Wer könnte den Job besser machen, als ein
Geist, ein Unsichtbarer!«

»Hmmm, und die Fotos?«

»Die mache ich nächste Woche. Du musst nur
herausfinden, ob an dem Verdacht der Frau was dran ist.«

»Danke für dein Vertrauen in meine Fähigkeiten. Das
kriege ich gebacken, Alter!«

Ich schüttelte grinsend den Kopf. Er hörte definitiv zu
viel Radio.

*

Willi parkt seinen Streifenwagen direkt vor dem
Schuhgeschäft, aus dem der Diebstahl gemeldet wurde.
Er nahm die Plastiktüte mit den Einkäufen, die Alex ihm
besorgt hatte, kletterte ächzend aus dem Wagen, schlug
die Tür zu und verstaute die Tüte im Kofferraum. Dann
betätigte er die Zentralverriegelung und trottete

gemächlich ins Schuhgeschäft.

»Ah da sind Sie ja endlich! Folgen Sie mir bitte, der Dieb sitzt im Büro des Geschäftsführers!«, begrüßte ihn eine Verkäuferin aufgeregt.

»Wir helfen, wo wir können, verehrte Dame. Ich folge Ihnen, wohin sie wollen«, scherzte Willi gutgelaunt.

Die Verkäuferin steuerte auf eine Tür im hinteren Ladenbereich zu.

»Hier ist es Herr -äh- Polizist. Unser Ladendetektiv ist bei ihm und passt auf, dass er nicht abhaut.«
Sie öffnete die Bürotür und im selben Augenblick stürmte ein junger Mann heraus, stieß Willi gegen ein Schuhregal und hastete auf den Ausgang zu.
Willi stolperte, riss das Regal mit und landete in einem Haufen Turnschuhe.

»Och nee, mir bleibt aber auch nix erspart«, entfuhr es ihm, als er, wie ein gestrandeter Maikäfer auf dem Rücken liegend, mit den Armen ruderte. Es brauchte die geballte Kraft zweier Verkäuferinnen, ihn wieder in die Senkrechte zu hieven, woraufhin er sofort die Verfolgung des Flüchtenden aufnahm. Noch im Laufen forderte er über Funk Verstärkung an. Als er aus dem Ladeneingang walzte, sah er links in Richtung Baxleyplatz einen Tumult. Der Ladendieb hatte anscheinend eine Frau umgerannt und wurde jetzt von mehreren Personen festgehalten und beschimpft.

»Immer mit der Ruhe, meine Herren. Euer Freund und Helfer ist ja schon zur Stelle!«

Schwer atmend griff Willi sich seine Handschellen, riss dem Dieb die Arme auf den Rücken und fesselte ihn.

»Ich bedanke mich im Namen der Polizei bei Ihnen!«, sagte er zu den noch immer aufgebrachten Männern und nahm ihnen so den Wind aus den Segeln. Die hätten den Mann sicherlich gerne vermöbelt. Dafür hatte er als Mensch zwar Verständnis, konnte es als Polizist allerdings nicht zulassen. Er packte den Dieb und führte ihn in Richtung seines, vor dem Schuhgeschäft parkenden Einsatzwagens. Als er den Wagen fast erreicht hatte, fingerte er den Autoschlüssel aus der Tasche und betätigte die Zentralverriegelung. Er öffnete die Hecktür, legte dem Dieb die Hand auf den Kopf, damit der sich an demselben nicht verletzte und drückte ihn in den Fond des Streifenwagens.

In dem Moment rutschte dem Mann das Portemonnaie aus der Tasche, fiel auf die Kante des Rücksitzes, prallte dort ab und landete auf der Straße.

Aus dem Augenwinkel sah Willi, wie sich ein Bauer und eine Frau von der Seite näherten.

»Den mach ich alle«, zischte Kevin und zog den Revolver mit aufgeschraubtem Schalldämpfer aus dem Schulterhalfter unter seiner Arbeitsjacke.

»Bist du irre!?!«

Jörg versuchte, ihm den Arm nach oben zu drücken, war aber nicht schnell genug. Der Schuss war nur als ein leises Husten zu hören.

Während Willi sich nach der Geldbörse bückte, zischte das Projektil knapp über seinen Kopf hinweg und blieb mit leisem Ploppen, auf der Beifahrerseite in der Polsterung des Türholms stecken.

»Du kannst doch nicht hier in aller Öffentlichkeit einfach so herumballern. Und noch dazu auf einen Polizisten«, zischte ihm Jörg aufgebracht ins Ohr, während er sich hektisch nach allen Seiten umsah. Wundersamerweise schien niemand etwas bemerkt zu haben.

»Aber die Kohle!«

Er ist wirklich ein Psycho, dachte Jörg, als Kevin erneut aus der Hüfte versuchte den Polizisten zu erledigen. Im selben Moment bemerkte Kevin, wie sich zwei weitere Polizeibeamte näherten, und gab, allerdings nur widerstrebend, sein Vorhaben auf.

»Hey Willi, du hast den bösen Buben ja schon im Griff! Dann war unser Auftauchen ja völlig umsonst.«

»Ja Kollegen, dank meiner überragenden körperlichen Fitness, hatte der Flüchtige keine echte Chance«, entgegnete er grinsend, während er dem Dieb das Portemonnaie auf den Schoß warf.

»Sagt mal Kollegen, ihr habt nicht zufällig Zeit, die diebische Elster auf die Wache zu kutschieren?«

»Um dir den ganzen Schreibkram abzunehmen? Was ist dir das denn wert?«

»11/01 an alle, wer ist gerade frei?«, krächzte es aus Willis Funkgerät.

Der Kollege grinste breit, als er den Funkspruch hörte »Alles klar Willi, wir wissen ja wir lästig dir der Papierkram ist. Dafür übernimmst du aber den nächsten Einsatz«, er nickte zum Funkgerät, »was immer es ist.«

»Abgemacht.«

Willi beugte sich in den Wagen.

»11/32 hört?«, antwortete er in der Hoffnung, dass es ein einfacher Einsatz werden würde.

»Kümmert sich hier vielleicht mal jemand um mich?! Ich habe heute noch Termine!«, rief der Dieb vom

Rücksitz.

»Schnauze!«

Willi richtete seine Aufmerksamkeit auf das Funkgerät.

»Ein Anrufer meldet frei herumlaufende Schafe zwischen Herdringen und Hövel. Der Besitzer ist bereits informiert. Fahr mal da rauf und sichere die Landstraße, wegen des LKW-Verkehrs zum Steinbruch!«, antwortete die krächzende Stimme der Funkzentrale.

»Allet klar, bin unterwegs!«

»Was is denn nu mit mir?!«, tönte es von der Rückbank.

»Willste Schafe einfangen oder jetzt endlich umsteigen, du Clown.«

»Aber bitte sehr, bitte gleich, der Herr!«, mischte sich Willis Kollege Manfred Semmelfricke grinsend ein. »Falls es Ihnen keine allzu großen Umstände macht, wäre ich entzückt, wenn Sie uns jetzt in den anderen Streifenwagen folgen würden. Nehmen Sie bitte im Fond platz. Getränke finden Sie in der Minibar, die Schwimmweste unter dem Sitz. Sie werden nun umgehend der Polizeiwache zugeführt und erkennungsdienstlich behandelt. Friseur und Maniküre kostet allerdings extra. Sollten Sie dagegen etwas einzuwenden haben, richten Sie Ihre Beschwerde bitte

schriftlich in dreifacher Ausfertigung an Ihren
Reiseveranstalter.«

Der Dieb schaute ihn verständnislos an.

»Na looos, Umsteigen, aber hopp, hopp!!!«

»Hast du gehört, der dicke Bulle fährt nach Herdringen!
Los komm, Hirni! Den Weg kennen wir ja.«

»Richtig! Da werden wir ihn erwischen und dann nix
wie nach Hause mit der Kohle!«

Kevin und Jörg hasteten zur Johanniskirche, neben der sie
ihren gestohlenen BMW abgestellt hatten.

»Meine Herren, wenn sie hier in der
gebührenpflichtigen Zone parken, müssen sie, dort
drüben am Automaten, einen Parkschein käuflich
erwerben!«

»Hääh?!«, entfuhr es Kevin. Er drehte sich entrüstet um
und erblickte eine kleine dralle Politesse, die gerade emsig
dabei war einen Strafzettel auszufüllen.

Er sprang ins Auto, startete den Motor und rief Jörg
herein. Der stand noch unschlüssig neben dem Wagen.

Jörgs Verhältnis zur Obrigkeit unterschied sich noch
immer drastisch von Kevins.

»Nu mach hinne, oder willste hier Wurzeln schlagen!«

»J-ja, ja, ich komme!« Mit entschuldigendem Schulterzucken zur Politesse stieg er auf den Beifahrersitz und Kevin steuerte den Wagen aus der Parklücke.

»Kevin ließ das Fenster heruntersurren.

»Das Knöllchen kannste dir ins Poesiealbum kleben, Süße!«, rief er der verdutzt dastehenden Mitarbeiterin des Ordnungsamtes zu.

»Ich hab ja Ihre Nummer!«, rief sie ihm frech zu.

»Ja richtig, Schätzchen, ruf mich an!«, entgegnete Kevin frech grinsend. »Wir werden sicher viel Spaß miteinander haben!«

Dann gab er Gas und driftete mit quietschenden Reifen um die nächste Ecke.

Grinsend blickte er zu Jörg herüber. »Man kann sich doch nicht alles gefallen lassen.«

»Der Besitzer des Wagens wird sich wundern, wenn er Post von der Polizei bekommt«, konstatierte Jörg, nachdem er sich die Sachlage mit dem gestohlenen Wagen, durch den Kopf gehen ließ.

Kevin knuffte ihm lachend in die Seite. »Schnellmerker, was Hirni?!«

*

Nachdem Willi die Einfahrt zum Steinbruch links liegengelassen hatte, entdeckte er die Schafherde auf der Landstraße. In Gegenrichtung hatte sich bereits ein kleiner Stau gebildet und gerade traf Klettmeisers Jupp, der Besitzer der Tiere mit seinem Traktor ein.

»Elende Scheißviecher!«, schimpfte er, während er vom Trecker kletterte und begann, die Tiere, durch die Lücke im Zaun, auf die neben der Landstraße gelegene Weide zu treiben.

»Die sind da durch die Lücke im Zaun gekommen!«, rief einer der Autofahrer, der in der geöffneten Fahrertür stand und sich bewogen fühlte, das Geschehen zu kommentieren.

»Gut, dass Sie es sagen!, rief Jupp ihm zu und murmelte wütend vor sich hin, »da wär ich von selbst nich drauf gekommen.«

»Das hab ich gehört«, murmelte der Fahrer, stieg beleidigt wieder in seinen Wagen. »Arschloch«.

»Bitte!?«, entrüstete sich seine, auf dem Beifahrersitz sitzende Frau.

»Nicht du, der Bauernlümmel da drüben.«

»Warte, ich helfe dir, Jupp!«

Willi hatte den Streifenwagen quer auf die Landstraße gestellt und schritt nun mit ausgebreiteten Armen auf die unruhig durcheinanderlaufenden Tiere zu, um sie zurück auf die Weide zu treiben.

Auf der Landstraße näherte sich jetzt auch Kevin der ausgebrochenen Schafherde und dem quer auf der Straße stehenden Polizeiwagen, mit dem eingeschalteten Blaulicht. Er bremste, wendete auf der Landstraße, lenkte den BMW in Gegenrichtung auf den Seitenstreifen und stellte den Motor ab. Jörg schaute ihn fragend an.

»Immer an eine schnelle Flucht denken, Hirni. Ich denke, du kannst noch was von mir lernen.«

Behände sprang er aus dem Wagen.

»Los, hilf mir, die Leute aus den wartenden Wagen zu treiben, wir können keine Zeugen auf dieser Seite der Bullenschleuder gebrauchen!«

Sie schritten an drei anderen Autos vorbei, die hinter dem Streifenwagen angehalten hatten.

Kevin klopfte an die Scheibe des letzten Wagens. Der Fahrer blickte fragend aus dem Fenster. Beim Anblick des Fremden und der hässlichen Frau, die ihn begleitete, schrak er leicht zusammen und ließ das Fenster vorsichtig einen Spalt breit heruntersurren.

»Kommen Sie, helfen wir dem Bauern, die Schafe zurück auf die Wiese zu treiben! Zu mehreren geht es schneller. Sie haben es doch sicher auch eilig.«
Der Fahrer nickte bestätigend.

»Sagen Sie auch den anderen vor uns Bescheid!«
Nach ein paar Minuten hatten sich sämtliche Insassen der wartenden Fahrzeuge bei der Schafherde versammelt. Gemeinsam versuchten sie die Tiere auf die Wiese zu treiben und erzeugten, auf Grund ihrer Unerfahrenheit, genau das Gegenteil.

Kevin sah, dass sich jetzt niemand mehr auf der, den Schafen abgewandten Seite, des Polizeiwagens befand. Sie konnten nun ungestört den Innenraum des Streifenwagens durchsuchen.

Nach ein paar Minuten drückte er wütend die Fahrertür zu.

»Scheiße, da is nix. Keine Tüte, nix.«

»Vielleicht...«, begann Jörg und blickte zum Heck des Wagens. Kevin schaute ihn verstehend an.

»Hirni, ich glaube, ich weiß jetzt, warum ich dich mitgenommen habe«, lobte Kevin seinen Kumpel.
»Richtig! Der Kofferraum!«

Willi trieb weiter die verstörten Tiere auf die Weide. Da

fiel sein Blick auf die geöffnete Kofferraumklappe seines Einsatzwagens. Ein Bauer, den er hier noch nie gesehen hatte und eine, anscheinend weibliche Person durchsuchten einen Wagen.

»Heh! Wat soll denn dat!«, rief er ihnen erbost zu.

»Lasst eure Futtfinger daraus!!!«

Willi sah, wie der Bauer in seine grüne Jacke griff. Dann wurde er jedoch unsanft, von einem schlechtgelaunten Schafsbock, in den Kniekehlen gerammt. Er knickte ein, stolperte und fiel unsanft zu Boden.

Bauer Jupp sah das und lachte: »Ja Willi, dat sin janz hinterhältije Arschlöcher, die Böcke.«

»Fahr zur Hölle, du verdammtes Mistvieh!«, schnauzte er wütend den Schafsbock an.

In dem Moment hörte er ein leises Zischen, der Bock blökte kurz auf und brach neben ihm zusammen.

»Jetzt übertreibste aber! Los aufstehen und auf die Weide, sonst kommste eher in meinen Kochpott als dir lieb ist!

Willi rappelte sich wieder hoch und blickte zum Streifenwagen herüber. Die Kofferraumklappe stand noch immer offen, aber die beiden schrägen Gestalten waren verschwunden.

»Los weg hier, die Tüte is nich im Auto!«, hatte Jörg gerade seinem unberechenbaren Kumpel zugerufen. Er zerrte ihn zum BMW, bevor es hier ein weiteres Blutbad geben würde. Für Gut konnte man Psycho echt nicht mitnehmen. Der war ja vollkommen durchgeknallt.

»Komm, wir parken irgendwo im Dorf und überlegen, in Ruhe, was wir machen.«

19

»Alex?! Was ist das für eine Tasche hier?«, rief Berti, der gelangweilt vor der Scheune stand.

»Was für `ne Tasche?!«

»Na die hier draußen vor dem Scheunentor, blau und weiß bemalt!«
Alex kam neugierig nach draußen, wo Berti vor einer Plastiktüte stand.

»Die ist nicht bemalt, Berti, das nennt man bedruckt. Aber egal, die dürfte hier gar nicht sein.«
Er blickte hinein.

»Das sind die Zutaten, die ich extra für Willi besorgt hatte! Jetzt hat der Dusselkopp die heute Morgen in der Hektik hier verloren. Die Sachen müssen eigentlich zu Babsi in den Goldenen Hahn.«

»Tja, ich würde das ja für dich erledigen, mein Freund. Aber du weist ja, wenn so eine herrenlose Tüte durchs Dorf wandert...«, lies Berti den Satz unvollendet und grinst mich entschuldigend an.

»Schon klar. Komm, wir verbinden das mit einem Spaziergang mit Capone. Der muss sicher so langsam mal aus der Hose.«

»Mit dem war ich heute schon raus.«

»Och nee, Berti, du sollst doch nicht alleine mit Capone gehn. Wie sieht denn das aus? MIR machen die Nachbarn hinterher Vorwürfe, ich würde mich nicht genug um den Hund kümmern!«

Berti zuckte nur zerknirscht die Schultern.

»Na komm schon, der muss sicher nochmal.«

In der Küche des Goldenen Hahns war noch nichts los. Babsi bereitete den Schankraum für den Abend vor. Nur drei durstige Rentner saßen schon am Tresen und knobelten die nächste Runde aus.

»Was treibt dich denn so früh her, Alex?«

Babsi sah mich verwundert an.

»Ich stelle nur schnell die Tüte mit Willis Zutaten in die Küche. Erst hab ich sie ihm extra besorgt, und dann lässt er sie bei mir liegen.«

»Willi hat mich übrigens eben angerufen, er musste kurzfristig umdisponieren. Heute Abend gibt es Schaf«, verkündete mir Babsi.

»Ach?«

»Ja, dem Klettmeiers Jupp seine Viecher sind heute ausgebüchst und dabei muss wohl eines zu Tode gekommen sein. Er hat es Jupp für kleines Geld abgekauft und will es nachher mitbringen.«

»Hört sich lecker an!«

Gerade, als ich die Tüte mit Willis Zutaten in den Kühlschrankgestellt hatte, hörte ich aus dem Schankraum laute Stimmen. Neugierig schlenderte ich zurück und sah, dass es am Tresen zu einem kleinen Tumult gekommen war. Einer der Alten stürmte zum Fenster und riss es auf.

»Puuh Fritz, war dat denn nötich!?«

»Ich war dat nich!«

»Ja sicher und warum stinkts dann bei dir am Meisten?«

Ich blickte kopfschüttelnd zu Berti herüber. Der zuckte nur gleichgültig mit den Schultern, wedelte mit der Hand an seinem Hinterteil herum und kam dann zu mir und Babsi herüber.

Babsi schaute mich entrüstet an und stürmte davon.

»Das war der Hund!«, rief ich ihr wenig überzeugend nach und blickte empört zu Berti.

»Du Sau! Musstest du den jetzt auch noch mit hier herüberschleifen?!«

»Ja, ist guhuut! Nasen wie Bluthunde die Leute heute. Komm Capone wir gehen!«

Beleidigt wandte er sich ab und schritt auf den Ausgang zu. Der Hund folgte ihm ergeben. Zumindest unser Mops schien den Geruch zu lieben.

»Ich glaube Capone will gehen«, meinte Babsi grinsend, »dem riecht es hier auch zu streng.

Der Hund saß vor der Tür und seine Leine lag auf dem Boden. Ich nahm sie auf, öffnete und zog Capone mit heraus, wo Berti schon wartete.

Draußen hielt gerade Willi mit seinem Privatwagen, einem alten klapprigen Citroën Kastenwagen. Er sprang heraus und öffnete die Hecktüren.

»Du komms jerade richtich, pack ma mit an!«

Er deutete auf eine große Kunststoffwanne, in der ein bereits gehäutetes und zerlegtes Schaf lag.

Wir schleppten die Wanne in die Küche und wuchteten sie auf die große Arbeitsfläche.

»Ich habs schon gehört Willi, der Bock hat dich gesehen und ist vor Schreck tot umgefallen«, scherzte ich.

»Nee Alex, der wurde kaltblütich ermordet.«

»Ja sicher! Du musst aber auch immer gleich übertreiben«, scherzte ich weiter.

Willi griff in die Hosentasche und förderte ein Projektil zu Tage.

»Hier, ich jlaube, dat war ma `ne 44er. Aber dat solln sich die Jungs vonne Ballistik morjen anschauen. Siehst du dat, wie die Kugel vorne pilzförmich aufjeplatzt ist? Wer dat Dingen abjefeuert hat, der wollte janz auf

Nummer Sicher sicher jehen, Alex.

»Aber wer erschießt denn Schafe?«

»Und noch wat, mein Freund«, sagte Willi, ohne auf meine Frage einzugehen. »Sone Wumme macht `nen Höllenlärm. Ich hab aber nix jehört. Nur ein leises Zischen an meinem Ohr vorbei.«

»Du meinst, der Schütze hat `nen Schalldämpfer benutzt und wollte dich...?«

»Weiß nich. Möchlich ist dat natürlich schon. Fracht sich nur, warum?«

»Bist du jemandem auf die Füße getreten?«

»Nich so feste, dat dat `ne 44er rechtfertijen würde. Aber wat solls, ich lass die Kugel morjen untersuchen, dann wissen wir vielleicht mehr.«

»So wie das Projektil verformt ist, bezweifel ich, dass deine Kollegen da noch viel feststellen werden, Willi.«

»Wie dem auch sei. Den Braten lassen wir uns trotzdem schmecken.«

»Ja, dann bis nachher Willi. Ich muss nur noch eben Capone nach Hause bringen«, verabschiedete ich mich und ging mit Berti in Richtung meiner Scheune.

20

Zurück in der Werkstatt ließ sich Berti wie immer stöhnend in seinen Sessel fallen.

»Alex, sag mal, findest du nicht auch, dass es hier komisch riecht?«

»BERTI??!«, ich schaute ihn skeptisch an.

»Nein, nein, das mein ich nicht«, sagte er grinsend. »Irgendwie süßlich, nach Verwesung oder so. So roch es früher auch immer, wenn irgendwo am Wegesrand was Totes vor sich hingammelte.«

»Ich riech nix.«

Berti stemmte sich aus seinem Sessel hoch.

»Sonst habt ihr doch immer so feine Näschen. Du kannst mir sagen, was du willst, da ist was! Komm Capone, such!«

Kopfschüttelnd grinsend schaute ich den beiden nach, wie sie methodisch den Laden durchkämmten. Ich machte mich derweil daran, die Buchführung auf den neuesten Stand zu bringen. Diese unliebsame Arbeit schob ich schon seit Tagen vor mir her.

»Alex, könntest du mal kommen?«, rief Berti aus dem Lager und ich hörte Capone aufgeregt bellen.

»Muss das sein?! Ich bin beschäftigt!«

»Besser wärs schon. Wir haben den Grund für den Geruch gefunden.«

»Wenns `ne tote Maus ist wirf sie nach draußen!«

»Ist wahrlich ein wenig größer als `ne Maus. Dabei müsstest du mir schon helfen!«

Genervt warf ich meinen Kuli auf den Schreibtisch und ging ins Lager.

»Kann man hier denn nich einmal in Ruhe...!«

Weiter kam ich nicht. Berti stand vor der geöffneten Tür eines meiner antiken Kleiderschränke und starrte hinein.

»Wer ist das? Was macht der in meinem Schrank!??«

Berti zuckte nur hilflos mit den Schultern.

»Woher soll ich das wissen? Antworten wird der uns jedenfalls nicht mehr!«

Auch ihm war nicht wohl bei dem Anblick.

Vorsichtig näherte ich mich dem Toten, der uns aus leeren Augen anstarrte. Er hatte ein Loch im Schädel, genau zwischen den Augen.

An der Todesursache bestand also schon mal kein Zweifel.

Ich näherte mich vorsichtig der Leiche, tastete sein Sakko ab und wurde schnell fündig. In seiner Brieftasche fand ich einen Ausweis. Da fiel es mir wie Schuppen von den Augen. Friedhelm Küstnacht, las ich. Der Mann mit den

Liebesbriefen und der wertvollen Briefmarke.

»Kennst du den Mann, Alex?«

»Ich glaube, wir haben ein Problem«, antwortete ich nickend.

»Wohl eher du, Alex. Ich habe seit Jahrhunderten keine Probleme mehr.«

»Danke, das war jetzt sehr hilfreich. Mal im Ernst Berti, das ist der Mann, der heute seine Liebesbriefe bei mir abholen wollte. Ich hatte mich schon gewundert, wo der blieb, weil er doch angerufen hatte, dass er bereits da sei. Dann kamen die Vogelträger, um den Korb abzuholen und Willi tauchte auf, wegen seiner Zutaten. Dann musste Willi plötzlich zu einem Einsatz. Darüber hab ich diesen Herrn Küstnacht mit den Liebesbriefen völlig vergessen.«

»Du solltest den Willi anrufen.«

»Ja, das sollte ich«, antwortete ich zögerlich.

»Aber?«

»Berti, der Mann war hier um seine Briefe abzuholen. Außerdem klebt auf einem der Briefe eine Marke im Wert von etwa 85.000 Euro. Ein super Mordmotiv, oder was meinst du? Wie soll ich erklären, dass Herr Küstnacht gerade tot bei mir im Schrank liegt. Wer wird mir glauben, dass der kein Interesse an einer so wertvollen Briefmarke hatte?«

Berti hob nachdenklich eine Braue.

»Willi wird dir glauben.«

»Willi ist bei Mord aber nicht maßgeblich.«

»Hmmm.«

»Was wäre denn, wenn wir den Toten einfach wo anders hinbringen?«

»Und dann? Was würde das ändern?«

»Eine Menge. Man würde mich nicht mit ihm in Verbindung bringen.«

»Das leuchtet ein. Aber glaubst du nicht, dass die Polizisten dahinterkommen werden?«

Ich überlegte.

»Vermutlich ja. Ich habe mit ihm telefoniert. Über seine Verbindungsdaten wird man schnell auf mich kommen. Du hast recht, ich rufe Willi an.«

*

Siebzig Minuten später traf die Dortmunder Mordkommission in Gestalt von Hauptkommissar Schüppstuhl ein.

»Herr Hackenberg! Schade, dass wir uns immer nur treffen, wenn es Tote gegeben hat.«

»Herr Schüppstuhl! Trotzdem schön, Sie zu sehen!«
Die Spurensicherung aus Meschede hatte meinen
Antikmarkt bereits in Beschlag genommen. Überall
wieselten in Schutzanzüge gehüllte Gestalten herum und
füllten Plastikbeutel mit allerlei Beweismaterial.

»Ah, ich sehe, mein lieber Sören ist auch schon da!«
Schüppstuhl, steuerte geradewegs auf den
Gerichtsmediziner Sören Metzger zu und ging neben ihm
in die Hocke.

»Na, was haben wir hier?«

»Tja, ich würde sagen, einen ziemlich toten Hamburger
Jung, Udo.«
Metzger hielt ihm den Ausweis der Leiche vor die Nase.

»Hier, Friedhelm Küstnacht heißt der alte Knabe, 75
Jahre alt ist er geworden und wohnt in Hamburg.«

»Das is ja `n Ding, - aus Hamburg. Der ist aber
verdammt weit weg von Zuhause. Das Loch zwischen
den Augen ist vermutlich die Todesursache, oder?«

»Ja. Natürlich abgesehen vom fehlenden Hinterkopf,
Udo, aber ich bewundere deinen Scharfblick«, entgegnete
Metzger mit ironischem Unterton. Er schickte sich an,
den Kopf der Leiche anheben.

»Lass gut sein Sören, das muss ich jetzt nicht haben. Ich
glaubs dir auch so!«

Schüppstuhl blickte in meine Richtung.

»Herr Hackenberg! Könnten Sie mal kurz herkommen?«

»Wenn es sein muss«, antwortete ich mit noch immer flauem Magen und trat zu den beiden Beamten.

»Kennen Sie den Herrn, der hier in Ihrem Schrank zu Tode gekommen ist?«

»Nun, kennen wäre zuviel gesagt. Ich habe ihn heute das erste Mal gesehen. Aber wir hatten zuvor bereits telefoniert.«

Daraufhin berichtete ich dem Kommissar, von den Liebesbriefen, der seltenen Briefmarke und warum der Herr Küstnacht hier heute aufgetaucht war.

»Wie lange ist der denn schon tot, wenn ich fragen darf?«

»Ihrem Bericht nach und der, wegen des zertrümmerten Uhrglases stehengebliebenen Armbanduhr des Toten, würde ich sagen, exakt seit 11 Uhr 26.«

»Ja, das könnte hinkommen. Es muss passiert sein, kurz bevor der Willi hier seine Tüte mit den Zutaten zum Kochen abgeholt hat.«

»Tja, wer könnte ein Motiv haben, den armen Herrn Küstnacht ins Jenseits zu befördern?«, sinnierte Schüppstuhl vor sich hin. »Seine Gattin, weil er sie mit der Brieffreundin betrogen hat, von der Sie eben berichteten?«

Dann schaute er mich an. »Sie, Herr Hackenberg, weil Sie eine Briefmarke haben, die zuvor ihm gehört hat und die 85.000 Euro wert ist?«

»Aber ich sagte ihnen doch schon, dass der Mann keinen Wert auf die Marke gelegt hat! Er wollte nur die Briefe!«

»Ja, das sagen SIE. Dafür haben wir aber keinen Beweis.«

»Aber warum sollte ich den Toten denn in meinem Schrank verstecken und dann auch noch die Polizei rufen?!«

»Nun beruhigen Sie sich, ich bin durchaus geneigt, Ihnen zu glauben. Aber trotzdem. Ich sehe kein weiteres belastbares Motiv. Zumindest vorerst. Die Ehefrau müssen wir natürlich noch vernehmen.«

Der Gerichtsmediziner kam hinter dem Schrank hervorgekrochen. Er hielt ein Projektil wie eine Trophäe in die Luft.

»Ist das die Kugel, die ihn -?«

»Ja, davon können wir ausgehen«, sagte Metzger. »Hat erst seinen Hinterkopf weggeblasen, - da muss er direkt vor dem offenen Schrank gestanden haben - , hat dann die massive Eichenrückwand des Möbels durchschlagen und ist in der alten Kommode dahinter steckengeblieben.«

»Eindeutig ein Dum-Dum Geschoss. Vierundvierziger würde ich sagen. Also schon `ne gewaltige Wumme.«

»Dum-Dum? Da klingelt was!«, mischte ich mich aufgeregt in Metzgers Ausführungen ein. »Das Schaf, das der Willi heute hier im Goldenen Hahn angeschleppt hat, ist ebenfalls mit einer solchen Patrone ermordet worden!« Schüppstuhl schaute mich ungläubig an.

»Ermordet??«

»Ja, Originalton Willi Wischnewski.«

»Ein Schaf? Das ist ja interessant! Wir sollten unseren Kollegen eingehend dazu befragen und bei der Gelegenheit von dem zweiten Todesopfer kosten. Sören, ich sage dir, der Willi ist ein Zauberer am Löffel. Das musst du erlebt haben. Ein echtes Feuerwerk für die Geruchs-und Geschmackssynapsen.«

»Bei Willi gibt es heute Schaf?!«, entfuhr es Sören aufgeregt.

»Ja, er ist schon bei den Vorbereitungen.«

»Ich nehme deine Einladung gerne an Udo.«

»Einladung? Das war eher ein Geheimtipp.«

»Jetzt sei mal nicht so geizig.«

»Na gut, wir treffen uns nachher im Goldenen Hahn. Ich klingel den Willi schon mal an, damit er uns zwei schöne Stücke reserviert.«

»Na, dann danke ich dir«! Metzger grinste, leckte sich die Lippen und schaute wieder zur Leiche herüber. »So mein Freund, nun wieder zu dir. Erst die Arbeit, dann das Vergnügen.«

21

Willi werkelte in der chromblitzenden Küche des Goldenen Hahns. Aus dem Gastraum war die übliche Geräuschkulisse zu vernehmen. Er hatte gerade die Tüte mit den Zutaten aus dem Wagen geholt und diese, nebst einer weiteren Tüte mit Fleischabfällen, in den Kühlschrank gestellt. Nachdem er den Schafsbraten im Ofen hatte, tauchte Alex auf.

»Kann ich dir was helfen?«

»Dat könnt`ste in der Tat. Ich hab` hier im Kühlschrank `ne Tüte mit Fleischabfällen. Du weist schon, Innereien und so`n Zeugs, vom Zerlegen von dem Schafsbock.«

Willi wandte sich zum Kühlschrank.

»Es wäre nett, wenn du sie rüber zu Haussteins Fritz bringst. Für seine Schweine. Wär doch schade, wenn dat Jekröse im Abfall landen würde.«

Willi griff in den Kühlschrank. »Na, wo hab ich sie denn?«

In dem Moment schaute Babsi zur Tür herein.

»Willi ist das richtig!? Der Schafsbock wurde erschossen?!!«, fragte sie mit entsetztem Gesichtsausdruck.

»Woher weist du dat denn schon wieder?« Willi wandte sich ihr neugierig zu, während er weiter im Kühlschrank nach der Tüte tastete.

»Klettmeisers Jupp hat`s mir erzählt. Er will nachher auch noch zum Essen vorbeikommen.«
Willi, durch Babsis Frage abgelenkt, griff sich blind eine Tüte aus dem Kühlschrank.

»Der Juppes will wohl probieren, wie ein Schafsbraten schmecken kann, wenn ihn ein wahrer Küchengott zubereitet hat«, tönte er grinsend, während mir die Tüte in die Hand drückte.

»Alles in Butter Willi. Die Tüte nach Fritz sagtest du? Bin schon unterwegs.«

Ich machte mich auf den Weg zu Haussteins Fritz seinem Schweinemastbetrieb. Berti war schon zeitig, und voller Tatendrang aufgebrochen, um den Observationsjob am Golfklub zu erledigen.
Suchend blickte ich mich auf dem Hof des Schweinemastbetriebes um. Fritz Wagen war nicht da, er schien ausgeflogen zu sein. Ich betrat den Schweinestall und stellte die Tüte einfach vor die Boxen. Er würde dann schon Bescheid wissen. Dann machte ich mich wieder auf den Weg zurück, um Babsi zu helfen.

Im goldenen Hahn hatten sich Sören und Udo den Schafsbraten schmecken lassen. Jetzt saß Willi mit am Tisch. Er hatte dem Gerichtsmediziner das Projektil ausgehändigt und berichtete ihnen, wie er an den Schafsbock gekommen war.

»Also Willi, wenn du den Schuss nicht gehört hast, muss der Täter einen Schalldämpfer benutzt haben. Das ist ja schon mal sehr ungewöhnlich für `nen Jäger.«

»Dat is richtich Udo. Wenn ich so überleje, da ham vorher so zwei Jestalten am Kofferraum von meinem Streifenwagen rumjefuckelt. Ich hab denen zujerufen, wat se da machen und dat se sich vom Acker machen sollen. Aber in dem Moment rammte mich der vermaledeite Schafsbock volle Lotte inne Kniekehlen und ich jing zu Boden. Als ich wieder hochkam, waren die beiden verschwunden.«

»Und der Bock tot?«

»Jau, der Bock lag tot aufe Straße, woll.«

Schüppstuhl überlegte.

»Möglicherweise galt der Schuss ja dir und der Bock hat dir mit seinem Angriff das Leben gerettet.«

»Tja, der Jedanke war mir auch schon jekommen. Aber warum?«

»Hattest du was Wertvolles im Kofferraum?«

»Nee, nur dat Übliche, Warnpylonen, Absperrband und so. Ach ja, und `ne Plastiktüte mit Zutaten zum Kochen, die Alex mir besorcht hatte. Aber die Sachen waren nix wert und lajen sowieso unter meiner Warnweste. Die konnten die Typen ja jarnich entdecken.«

»Hattest du die Kerle vorher schon mal gesehen?«

»Nee, die warn nich von hier. Außerdem war die eine `ne Frau - jlaub ich wenichstens. War auf die Entfernung nich jut zu erkennen. Aber watte ma - jetzt wo du mich so frachs, letzte Woche beim Vojelschießen, da warn auch zwei so Typen, auch nich von hier und auch irjendwie seltsam. Nur son Bauchjefühl, weißte. Aber du kennst das ja. Von denen ham wir ja, nach meiner Beschreibung Phantombilder erstellen lassen. Hamse sogar im Fernsehn jebracht. Vom Alter her könnten es dieselben jewesen sein, vom Aussehen her eher nich. Diese beiden sahen aus, als hätten se sich verkleidet. Ein Bauer und `ne Frau. Aber irjendwie nich authentisch, versteht ihr? Bauchjefühl.«

Udo nickte, verstand aber nicht.

»Vogelschießen sagtest du?«

»Ja, wir hatten doch Schützenfest. Und den Bankraub! Haste nix davon jehört?«

»Nur am Rande, war ja nicht unser Fall. Habt Ihr die Bankräuber denn gefasst?«

»Nee, wie vom Erdboden verschluckt. Du weis ja, wie dat läuft. Die sind von hier Ruck Zuck aufe Autobahn und dann ab nach Osteuropa oder ins Ruhrjebiet. Wat weiß ich wohin.«

»Wie viel haben die denn mitgehen lassen?«, fragte Metzger.

»So etwa 85.000 Euro. Hat sich sicher jelohnt für die Täter.«

»Mehrere?«

»Ja, zwei Mann, nach Aussaje der Kassiererin.«

»Ist schon ein Zufall, oder?«, fragte Schüppstuhl nachdenklich.

»Was?«

»Na, zwei Täter überfallen eure Bank. Erbeuten etwa 85.000 Euro. Eine Briefmarke im Wert von ebenfalls etwa 85.000 Euro ist im Spiel. Ein Typ wird heute mit einem Dum-Dum Geschoss getötet und zwei Fremde durchsuchen deinen Kofferraum, und dabei wird ein Schafsbock mit `nem Dum-Dum Geschoss getötet.«

»Bisschen viel Dum-Duml, meinste?«

»Ja, für meinen Geschmack schon. Auch die Summe, - zweimal 85000 Euro. Ich weiß nur noch nicht, wie das alles zusammenpasst.«

22

Etwa zur selben Zeit kamen Schweinezüchter Fritz
Hausstein und seine Freundin Hannelore Klingenberg
aus der Stadt zurück. Sie hatten einen Großeinkauf
getätigt und schleppten die Sachen in die Küche.

»Du Hanni, der Vorsitzende des Herdringer Jolfklubs,
der Dokta Jürjen Würjassen, kennste den?«

»Nein, aber ich glaube, mein Exmann hatte mit ihm zu
tun. Warum?«

»Och, ich spiele mit dem Jedanken, dem Jolfclub
beizutreten. Ist doch `n schönet Hobby, woll.«

»Haben Sie noch Sex, oder spielen Sie schon Golf?«

»Bitte?!«

»War `n Scherz Fritz. Nein, mach ruhig. Vielleicht spiele
ich auch mal mit, wenn es mir gefällt. Aber was ist denn
nun mit diesem Doktor Würgassen?«

»Nun, ich bin in der letzten Woche, im Joldenen Hahn,
zufällig mit ihm ins Jespräch jekommen.«

»Ja? Und?«

»Na ja, so einfach ist dat natürlich nicht, in den Klub
aufjenommen zu werden.«

»Und?«

»Nun, man braucht einen Bürjen.«

»Ach, und das soll jetzt dieser Doktor Würgassen für dich sein?«

»Na ja, so jut kenn ich den natürlich noch nich. Aber er hat einen Hund, `nen Mischling und der frisst jerne Schweineohren, woll.«

»Ach so! Jetzt beginne ich, zu begreifen. Du willst ihn bestechen?«, meinte Hannelore grinsend.

»Also so drastisch würde ich dat jetz nich ausdrücken.«

»Aber ein guter Kontakt zu dem Herrn könnte nicht schaden, meinst du?«

»Ja, so in etwa, woll. Ich muss jetzt noch den Jüllewagen vollpumpen. Könntest du vielleicht -? Dann lernt er dich auch mal kennen.«

»Kein Problem Fritz, wo hast du denn die Schweineohren?«

»Gleich vorne im Stall bei den Boxen. Hab ich extra vom Schlachthof mitjebracht - Inner Tüte von unserer Bäckerei Lampe. Brauchst sie ihm nur in die Hand zu drücken und ihm einen schönen Jruß zu bestellen.«

»Weiß er Bescheid?«

»Ja. Ist zwar schon dunkel, aber er is um diese Zeit immer im Clubhaus und macht die Bücher, wie er sagte.«
Hannelore ging rüber in den Stall, griff sich die von Fritz beschriebene, blau-weiße Plastiktüte und machte sich auf

den kurzen Weg zum Golfklub.

»Siehst du, was ich sehe?«

Kevin und Jörg hockten in ihrem geklauten BMW und beobachtete das nächtliche Treiben im Dorf. Kevin hatte inzwischen die Nummernschilder mit denen eines anderen BMW, gleicher Farbe und Bauart getauscht. Für diese Nacht hatten sie sich in einem Herdringer Gasthof eingemietet. Seit der vergeblichen Durchsuchung des Polizeiwagens hatten sie noch immer keine Idee, wo ihre Tüte mit den 85.000 Euro geblieben war, geschweige denn, wie sie an selbige herankommen sollten.

»Du meinst die Frau mit der Plastiktüte da hinten, die genau so aussieht, wie unsere?«

»Richtig, die meine ich, Hirni.«

»Aber du kannst doch jetzt nicht jeden umlegen, der so eine Tüte mit sich herumträgt.«

»Nicht jeden Hirni. Aber irgendwo müssen wir doch mal anfangen. Außerdem könnte es wirklich unsere sein. Sieh nur, wie ausgebeult die ist. Genau wie unsere«, entgegnete Kevin. »Ich frage mich, was die mit unserer Kohle vorhat, um diese Zeit.«

»Wenn es denn die richtige Tüte ist.«

»Sei nicht so ein Pessimist Hirni, lass es uns herausfinden, mein Freund. Versuch macht klug«.

Gut gelaunt stieß Kevin die Fahrertür auf. Sie schlichen hinter der Frau her, die, durch ein kleines Wäldchen, auf den Golfklub zusteuerte. Auf dem Parkplatz des Klubs parkte um diese Zeit nur ein Auto. Die beiden versteckten sich im Gebüsch und beobachteten das Geschehen.

Die Frau klingelte an der Eingangstür des Golfklubs. Ein Mann trat aus der Tür und begrüßte die Frau. Sie redeten kurz miteinander, dann sah Kevin, wie sie dem Mann die Tüte übergab.

»Schau nur, wie überschwänglich sich der Typ bei ihr bedankt! - Tja, verständlich, bei so viel Knete!«

»Jetzt haut die Tante wieder ab.«

»Lassen wir sie laufen. Schnappen wir uns den Typen mit unserer Kohle und dann nix wie weg!«

Kevin betätigte die Klingel an der Eingangstür. Es dauerte einen Moment, dann öffnete der Mann. Er hatte die Plastiktüte noch in der Hand und schaute sie fragend an.

»Ja bitte? Was kann ich für Sie tun, zu dieser späten Stunde?«

»Kannste dir das nich denken? Wir kommen wegen das

da!«

Kevin deutete auf die blau-weiße Tüte.

»Schweineohren?«

»Ach? Auch noch frech werden?!«

»Ich glaube, ich verstehe nicht.«

»Das wirst du gleich, Freundchen. Her mit der Tüte!«

»Warum sollte ich Ihnen von den Schweineohren meines Hundes welche abgeben? Sehen Sie dafür einen triftigen Grund?«

Kevin zog seine Smith & Wesson und hielt sie dem verdutzt dreinschauenden Mann unter die Nase.

»Ist `ne Vierundvierziger Grund genug?!«

»Ich versteh nicht! Was soll das?!«, entfuhr es Doktor Jürgen Würgassen keuchend. »Das sind doch nur Schweineohren!? W-wenn Sie so darauf bestehen, gebe ich Ihnen natürlich g-gern welche ab.«

Jetzt wirkte Kevin etwas verunsichert.

»Schweineohren? Los Freundchen, mach die Tüte auf!«

»Bitte?!«

»Tüte auf du Arsch, aber ein bisschen plötzlich!«

»Jürgeeen nun beeile dich! Der Sekt wird fad!«, rief eine weibliche Stimme aus den hinteren Räumen.

»Ach, wir haben Besuch!«, zischte Kevin grinsend. »Weiß die liebe Gattin davon?«

»Hören Sie, das geht Sie einen Scheißdreck an! Ich weiß zwar nicht, was das hier eigentlich soll, aber hier bitte, nehmen Sie die ganze Tüte und verschwinden Sie!«

»Nee, nee mein Freund, so einfach geht das nicht. Woll`n doch mal sehen, mit wem du dich hier um diese späte Stunde vergnügst. Los Hirni, geh nachschauen!«

Würgassen wunderte sich über den seltsamen Namen der Vogelscheuche mit dem leichten Bartansatz, die sich bisher im Hintergrund gehalten hatte. Hirni. Nach seinem ästhetischen Empfinden war die Frau mit ihrem Äußeren eigentlich schon genug gestraft.

Als Jörg sich an Würgassen vorbei, in den Flur des Klubhauses drängte, schlug ihm ein bestialischer Geruch entgegen, der ihn zurücktaumeln ließ.

Auch Kevin bemerkte jetzt den Gestank.

»Boa Alter ey, was treibst du denn da drin! Ist ja nicht zum Aushalten!«

»Komm Kevin, lass uns verduften! Die Tüte mit der Kohle haben wir ja jetzt«, stöhnte Jörg keuchend, taumelte aus dem Flur und zog seinen Kumpel am Ärmel von der Tür fort.

»WAS hatte ich gesagt, Hirni?!! WAS hatte ich dir gesagt?!! Keine Namen!!! Keine verschissenen Namen!!! Was soll ich denn nun mit dem Typen machen?! Wegen dir muss ich ihm jetzt das Licht ausblasen, nur wegen dir!!«

Er packte Würgassen am Arm, zerrte ihn aus der Tür nach draußen und stieß ihn vor sich her auf den Golfplatz. »Los! Erstmal weg von dem Gestank!«

»Also eigentlich hab ich Ihre Freundin gar nicht richtig verstanden«, meldete sich Würgassen im Anblick der immer bedrohlicher werdenden Situation, kleinlaut zu Wort. Hat sie eben Edwin gesagt? Oder Albert?«

»Das ist nicht meine Freundin! Spaßvogel was!? Allein für diese Beleidigung muss ich dich schon platt machen!«, herrschte Kevin ihn an.

»Aber ich habe wirklich nichts verstanden! Doch! Jetzt weiß ichs wieder - Helmut! Helmut hat er gesagt!«

»Fresse! Los weitergehen!«

Kevin stieß Würgassen vor sich her, bis sie eine kleine Baumgruppe erreichten, hinter der sich ein länglicher Sandbunker des Golfplatzes befand.

»Stop! So und jetzt zeigst du uns deine Schweineohren!«

»Aber warum??«

»Weil ich es sage, Arschloch! Auspacken!«

Würgassen hielt Kevin die Tüte hin.

»Hier Sie können sie alle haben! Nehmen Sie die verdammten Dinger und verschwinden Sie aus meinem

Leben!«

»Auspacken sagte ich. Ich nehme doch nicht die Katze im Sack! Los zeig uns die Kohle!«

»Was für `ne Kohle? Sind Sie taub? Schweineohren sind da drin!«

Würgassen stülpte die Tüte um und ließ den Inhalt auf den Rasen fallen. Heraus purzelte ein dickes, in Papier eingepacktes Bündel. Würgassen nahm es und wickelte das Papier darum weg.

»So, so, Schweineohren also. Ich sehe hier 85.000 Flocken, um die du uns bescheißen wolltest. Ich weiß zwar nicht, wieso dir die Tussi eben die Kohle gebracht hat, aber das spielt nun auch keine Rolle mehr!«

Doktor Würgassen sah die vielen Geldbündel, die jetzt auf dem Golfrasen verteilt lagen, und meinte kleinlaut, dafür jetzt absolut keine eine Erklärung zu haben.

Kevin verzichtete großzügig auf dessen Rechtfertigung.

Er spannte den Hahn seines Revolvers.

Dann riss auf wundersame Weise die Banderole eines der Geldbündel. Die Scheine erhoben sich wie von Geisterhand in die Luft und verteilten sich über den sauber gestutzten Rasen.

»Verdammte Scheiße, Hirni! Jetzt sieh zu, dass du die Scheine zusammenraffst, bevor alles weggeweht ist.«

Plötzlich waberte wieder eine Wolke grässlichen Gestanks um ihn herum.

»Puh, was für ein Gestank! Hast du deinen Schließmuskel nicht unter Kontrolle?!«, fuhr er Würgassen an. »Das rettet dich jetzt auch nicht mehr!« Kevin hielt sich die Armbeuge vor die Nase und beendete die Amtszeit des Golfklubvorsitzenden vorzeitig mit einem Schuss zwischen die Augen.

»Los Hirni, beeil dich mit der Kohle und dann nix wie weg! Ab über den Golfplatz, runter zur Landstraße und dann zu unserem Wagen, schnell!!!« Jörg hastete über den Rasen, um alle Scheine einzusammeln. Dann rannten sie über den Golfrasen in südlicher Richtung zur Landstraße. Dort angekommen gingen sie zu Fuß am Straßenrand entlang in Richtung Herdringen. Aus der Ferne vernahmen sie den spitzen Schrei einer Frau.

»Oh, hat sie ihren Stecher schon gefunden! Das ging aber schnell! Ich hätte sie auch umlegen sollen.«

Aus Richtung Hüsten näherte sich ihnen von hinten ein Einsatzfahrzeug der Polizei.

»Verdammte Scheiße, hat sich denn alles gegen uns verschworen!«, schimpfte Kevin laut.

»Bleib ruhig! Gib mir deine Waffe«, sagte Jörg. »Jetzt nur nicht auffallen.«

»So weit kommts noch! Den Püster geb ich nicht ab.« Die Tüte mit der Beute, welche Jörg eben notdürftig wieder in das Packpapier eingeschlagen hatte, hielt er hinter dem Rücken versteckt. Einer Überprüfung würde sie sicher nicht standhalten. Nervös schaute sich Jörg nach einem geeigneten Versteck für die Beute um.

»Keine Sorge Hirni, die können von dem Toten noch nichts wissen«, beruhigte Kevin ihn, als der Polizeiwagen etwa zehn Meter von ihnen entfernt anhielt. »Und wenn die Zicken machen, wird ihnen das nicht gut bekommen«.

Polizeikommissar Gottfried Knarrmann, von den Kollegen liebevoll Knarre genannt und sein Kollege Manfred Semmelfricke, den alle nur Semmel nannten, kamen gerade von einer Ehestreitigkeit in Hüsten. Eine erzürnte Ehefrau hatte ihren Gatten krankenhausreif geprügelt, weil er auf ihre Frage nach der Wirkung ihrer neuen Frisur gesagt hatte, *den Prozess gewinnste.*

»Also ich hätte den Friseur verklagt und nicht den Mann vertrümmt«, hatte Knarrmann später im Polizeiwagen den Einsatz kommentiert, worauf Semmelfricke meinte, dass Ehrlichkeit eben nicht immer zielführend sei. Jetzt setzten sie ihre routinemäßige Streifenfahrt fort. Sie waren auf der Landstraße, kurz vor Herdringen, als Knarrmann ein Ehepaar am Straßenrand erblickte.

»Sieh mal, Semmel, da vorne, die beiden. Die schauen sich für mein Gefühl ein bisschen zu oft um. Was machen die denn um diese späte Stunde noch hier?«

»Komm, lass uns die Vögel mal überprüfen, ist doch sowieso nix los, im Moment«, antwortete Semmelfricke lachend und steuerte den Wagen an den Straßenrand.

»Scheiße, jetzt halten die auch noch an!«

»Dreh dich doch nicht andauernd um! Einfach weitergehen«, zischte Kevin wütend.

Hinter sich hörten sie Autotüren schlagen.

»Meine Dame, mein Herr, Personenkontrolle! Wenn sie uns bitte ihre Ausweise zeigen würden.«

Kevin drehte sich mit seinem breitesten Lächeln um.

»Aber sicher, gerne Herr Wachtmeister.«

Er zog seine Brieftasche mit dem falschen Ausweis, den er in Dortmund für ein paar hundert Euro erworben hatte, aus dem Portemonnaie und reichte ihn dem Polizisten. Auch Jörg händigte seinen falschen Ausweis aus.

»Darf ich fragen, was Sie da hinter Ihrem Rücken verstecken, werte Dame?«

In dem Moment näherte sich aus Richtung Hüsten, mit allerlei Getöse, ein Traktor nebst Anhänger. Der Treckerfahrer und eine weitere, im Führerhaus sitzende Person grüßten die Polizisten im Vorbeifahren. Die Beamten schienen sie zu kennen und erwiderten den Gruß.

Knarrmann wandte sich wieder der Frau zu. Jörg hielt die Hände noch immer hinter den Rücken.

»Ihre Hände! Darf ich jetzt bitte Ihre Hände sehen?!«

Jörg holte seine, hinter dem Rücken gehaltenen Hände hervor und schaute den Beamten unschuldig an.

»Ach, ich dachte, ich hätte eine Tüte gesehen. Entschuldigen Sie bitte.«

Knarrmann wandte sich an seinen Kollegen, der gerade über Funk eine Personenüberprüfung durchgeführt hatte.

»Und?«

»Auf den ersten Blick ok. Beide wohnhaft in Dortmund. Es liegt nichts gegen sie vor.«

Er kam mit den gefälschten Ausweisen zurück.

»Herr Hermann Koslowski, Frau Gundula Scharmbeck, darf ich sie fragen, was Sie hier, so weit von ihrem Wohnort entfernt, um diese späte Stunde zu Fuß machen?«

»Wir besuchen Verwandte in Herdringen, Herr Kommissar und waren gerade auf einem Spaziergang, die gute Landluft hier genießen.«

»Na dann nix für ungut, einen schönen Abend noch.«

»Komm weiter«, sagte Gottfried Knurrmann zu seinem Kollegen. »Mit den beiden scheint ja alles o.k. zu sein.« Manfred Semmelfricke nickte. Sie stiegen in ihren Wagen und setzten ihre Fahrt fort, als sie ein paar Minuten später ein Funkspruch erreichte.

»Leichenfund auf dem Herdringer Golfplatz! Wer kann übernehmen?! Die Kripo ist schon verständigt!«

»Hirni ich glaub es nicht! Die ham nix gemerkt! Komm jetzt zum Wagen und dann gehts zurück in die Heimat! Wir sind reich Hirni! Wir sind reich!«

»Äh Kevin, es gibt da ein kleines Problem«.
Jörg und setzte zur Sicherheit einen Fuß auf Kevins, im Graben versteckte Waffe.

»Was fürn Problem, Alter?«

»Die Tüte. Ich hab die eben auf den Treckeranhänger, der vorbeigefahren ist, geworfen.«

»DU HAST WAS!!!?«

»Na ja, der eine Bulle wollte sehen, was ich in der Hand

hielt, da musste ich doch was tun. Er hat nicht gemerkt, dass ich, als er kurz abgelenkt war, die Tüte auf den Hänger geworfen habe.«

Kevins Auge zuckte extrem. Ein zufälliger Beobachter hätte ein anzügliches Verlangen dahinter vermutet. Jörg wusste es jedoch besser und machte sich innerlich auf einen heftigen Ausraster bereit.

Kevin stieß ein animalisches Jaulen aus, biss in den Ärmel seiner grünen Arbeitsjacke und zerrte daran wie ein wütender Rottweiler. Dann atmete er mehrmals tief ein und aus.

»Wo ist der verfickte Trecker jetzt?«

»Geradeaus auf das Dorf zu und dann hab ich ihn aus den Augen verloren.«

»Na super, Hirni! Wenn es hier was zuhauf gibt, dann sind es Trecker mit Anhänger! Wie sah der Hänger denn aus?«

»Na irgendwie grün, - dunkelgrün.«

23

Im Goldenen Hahn saßen Udo, Willi und Sören noch immer am Tisch und sprachen über den Fall des toten Brieffreundes.

»Hallo Herr Schüppstuhl!«, begrüßte ich den Kriminalbeamten, »Gibt es schon erste Ergebnisse im Fall des Toten aus meinem Schrank?«

»Bisher nur Vermutungen Herr Hackenberg, aber formal gehören Sie noch immer zum Kreis der Verdächtigen. Sie werden verstehen, dass ich nicht mit Ihnen darüber sprechen darf.«

»Klar, logisch, verstehe ich«, sagte ich ein wenig enttäuscht. In dem Moment klingelte das Handy des Hauptkommissars.

»Ja, wir sind noch vor Ort. - Ich werde bekloppt. O.k., gebt uns zehn Minuten. - Ja, bis gleich.«

»Was ist los Udo?!«, fragte Sören Metzger alarmiert.

»Du wirst es nicht glauben. Noch `ne Leiche, diesmal auf dem Golfplatz. Komm mit!«

»Mit nur einer Leiche gebt ihr euch hier wohl nicht zufrieden, was?«, fragte der Gerichtsmediziner und grinste in meine Richtung.

»Könnte ich Sie vielleicht begleiten Herr Schüppstuhl?«,

fragte ich, besorgt durch das Wort Golfplatz. Berti ermittelte doch dort und war noch immer nicht wieder aufgetaucht. Aber tot war er ja schon seit ein paar hundert Jahren. Also eigentlich kein Grund zur Sorge.

»Das geht leider nicht, ich hoffe, Sie verstehen das.«

»Aber selbstverständlich«, entgegnete ich wenig überzeugend.

*

Nur zehn Minuten, nachdem die Polizei den Fundort der Leiche abgesperrt hatte, trafen auch Schüppstuhl und Metzger ein. Das Gebiet um den Fundort wurde soeben, mittels Strahlern aus dem Fundus des Golfklubs, taghell beleuchtet.

Die beiden begaben sich zur Leiche.

»Udo, wir sollten hier in Herdringen `ne Zweigstelle aufmachen, dann hätten wir unser Equipment immer gleich parat. Die Mortalitätsrate hier, würde das bestimmt rechtfertigen!«, witzelte einer, der gerade eingetroffenen Spurensicherer.

»Ich werds weitergeben Hannes! Macht durchaus so langsam Sinn«. Schüppstuhl lachte und wandte sich dann an den Kollegen Metzger. »Na Sören, kannst du mir schon was sagen?«

»Aber sicher, mein lieber Udo. Stocksauer bin ich auf den Rambo mit der großen Wumme. Hätte der nicht noch `nen Tag warten können. Die Leiche vermiest mir die ganze Freude an unserem eben genossenen Braten.«

»Ich kann es dir nachfühlen, Sören. Was ist denn nun mit dem Toten?«

»Schuss aus nächster Nähe. Großes Kaliber, große Sauerei, wie du siehst. Vermutlich wieder ein Dum-Dum Geschoss. Die Jungs suchen gerade dat Projektil. Hat dem armen Kerl den ganzen Hinterkopf weggerissen und auf dem edlen Golfrasen verteilt. Die Leute von der Spusi sind total begeistert, dat Puzzlespiel einsammeln zu dürfen. Ravensburger 3-D-Ausgabe mit fünftausend Teilen, freigegeben ab 18.«

Schüppstuhl überhörte geflissentlich Metzgers morbiden Humor. Sein Magen war nicht ganz so robust, wie der, des Gerichtsmediziners.

»Und, wer ist der Gute?«

»Lass mich nachschauen.« Metzger wühlte in den Taschen des Toten. »Ah ja, hier, seine Brieftasche.« Udo nahm sie und klappte sie auf.

»Laut dem Ausweis, ein Doktor Jürgen Würgassen, Anwalt aus Hüsten.«

Metzger deutete mit dem Kopf auf eine Frau, die am Rettungswagen lehnte und einen dampfenden Becher in den Händen hielt.

»Die Dame dort drüben sieht aus, als hätte sie ihn gefunden. Scheint ziemlich durch den Wind zu sein, die Arme.«

»Na dann will ich mal«, meinte Schüppstuhl, richtete sich ächzend auf und schlenderte zu der Frau herüber. Man hatte ihr eine wärmende Decke umgehängt. In ihren zitternden Fingern balancierte sie einen dampfenden Becher mit Kaffee.

»Mein herzliches Beileid, Frau ...?«

»Sonneborn, Mechthild Sonneborn.«

»Darf ich fragen, in welcher Beziehung Sie zu dem Toten standen?«

»Beziehung? Nein, das war schon mehr, als eine bloße Beziehung. Wir trafen uns zwar nur einmal in der Woche, immer wenn...«. Die Frau stockte.

»Immer wenn was, Frau Sonneborn. Es ist wichtig, dass Sie mir alles sagen.«

»Na ja, immer wenn seine Frau ihren Bridgeabend hatte. Er machte dann hier im Klubheim noch die Buchführung. - Hat er ihr jedenfalls erzählt.«

»Und dann?«

»Ach ist ja jetzt sowieso alles egal. Der Jü-hü-hüüürgen ist to-hoo-hoot«, schluchzte sie und Schüppstuhl reichte ihr ein Papiertaschentuch, in das sie sofort heftig hinein schnäuzte.

»Es ist ja sooo schre-he-heeeklich.«
Schüppstuhl führte sie zu einer kleinen Sitzgruppe im Außenbereich des Klubheims.

»Jetzt erzählen Sie mir doch mal ganz in Ruhe und von Anfang an, was passiert ist.«

»Nächste Woche wollte er es ihr sa-haa-haagen, das mit uns.«

»Wem was sagen?«

»Na seiner Frau natürlich. Und dann, nach der Scheidung wollten wir heiraten.«
Der Kommissar zog leicht die Brauen hoch und reichte ihr ein weiteres Taschentuch.

»Ich wäre mehr an den Geschehnissen von heute Abend interessiert, Frau Sonneborn.«

»Ach so, ja gut. - Also wir hatten es uns gemütlich gemacht. Um diese Zeit ist niemand von den Mitgliedern mehr hier, müssen Sie wissen.«

»Ja, und dann?«

»Der Jürgen hatte gerade den Schampus aufgemacht, als es an der Eingangstür klingelte. Da isser dann hin.«

»Zur Tür. - Und Sie? Haben Sie gesehen, wer dort geschellt hatte?«

»Ich war doch, na Sie können es sich ja denken, so konnte ich doch nicht zur Tür gehen.«

»Wie jetzt? - Ach so, - ja, - verstehe.« Schüppstuhl bemühte sich, sein leichtes Grinsen zu unterdrücken.

»Was haben sie denn gehört?«

»Da war glaub ich `ne Frau. Die hat eine Tüte vorbeigebracht. Eine Tüte mit Schweineohren glaube ich.«

»Schweineohren?!«

»Ja, für den Kurt.«

»Kurt - ??«

»Na Kurt, dem Jürgen seine Feld-Wald-und Wiesenmischung, sein Hund. Ein Bauer hier aus dem Dorf, Hausstein heißt der, oder so ähnlich. Der will gerne in den Golfklub. Und deshalb bringt er dem Jürgen ab und zu Schweineohren vorbei.«

»Hausstein sagen Sie? Fritz Hausstein??!« Schüppstuhl schüttelte ungläubig den Kopf, vermied es aber, genauer nachzufragen. Diesen Hausstein hatte er vor ein paar Monaten wegen Mordverdachts festgenommen. Allerdings hatte sich der Verdacht dann als falsch erwiesen und sie mussten den Landwirt wieder laufenlassen. Aber seltsam war es schon, dass der Name Hausstein schon wieder in einer Mordsache auftauchte.

»Na egal. Was ist dann passiert?«

»Der Jürgen kam gerade ins Büro zurück, hatte die Tüte noch in der Hand, da hat es erneut geklingelt. Er dachte, es sei wieder diese Frau und die hätte vielleicht was vergessen. Also ist er mit der Tüte wieder zur Tür.«

»Und weiter?«

Na dann hab ich diese Männerstimmen gehört.«

»Aha.«

»Also gehört hab ich zuerst nur den Einen. Der wollte von Jürgen die Tüte mit den Schweineohren.«

»Ich glaube, ich kann Ihnen nicht ganz folgen.«

Frau Sonneborn nickte bestätigend.

»Ich hab mich ja auch gewundert.«

»Und weiter?«

»Na erst hat der Jürgen sich geweigert, dem Kerl was von den Schweineohren abzugeben. Der Kurt frisst die doch so gerne. Aber dann hat der Typ irgendwas von einer Vierundvierziger gesagt und ob das Grund genug wäre.«

»Interessant.«

»Ja, und dann hat der Kerl gemeint, dass sein Begleiter doch mal nachsehen sollte, wer noch hier sei. Also, der meinte wohl mich. Dann muss es wohl im Flur plötzlich furchtbar gestunken haben. Fragen Sie mich nicht, warum. Der Jürgen ist dann schnell mit denen rausgegangen.«

»Das war alles? Denken Sie nach. Jedes Detail könnte wichtig sein.«

»Jetzt wo sie es sagen. Der andere hat dann noch gesagt: *Kevin, lass uns verduften! Die Tüte mit der Kohle haben wir ja jetzt.* Und dann hat der eine was von Namen gesagt und hat den anderen Hirni genannt. Danach habe ich nichts mehr gehört.«

»Sind Sie sicher, dass der Mann gesagt hat, die Tüte mit der Kohle haben wir ja jetzt? Und das war die Tüte, die dieser Hausstein -?«

»Nein, die Freundin von dem Herrn Hausstein hat die doch gebracht. Aber ja, ganz sicher! Ich weiß noch, dass ich mich gewundert hatte, dass die Kerle so ein Aufhebens gemacht haben. Wo es doch nur um Schweineohren ging.«

»Frau Sonneborn, haben Sie einen Schuss gehört?«

»Nein, nichts. Als der Jürgen dann nicht wiederkam, habe ich mich angezogen und bin raus. Dort hab ich ihn dann auf dem Rasen gefu-hu-huuunden.«

Schüppstuhl reichte ihr ein weiteres Taschentuch.

»Wie viel später war das?«

»Ach, höchstens fünf Minu-hu-huuten.«

»Und dann haben Sie die Polizei verständigt?«

»Ja, - sicher.«

»Gut, das wäre es vorerst, Frau Sonneborn. Ihre Adresse haben die Kollegen ja bereits aufgenommen. Wir melden uns bei Ihnen, falls wir noch Fragen haben. Hier ist meine Karte, das kennen Sie ja wahrscheinlich aus dem Fernsehn. Wenn Ihnen noch was einfällt, rufen Sie mich an.«

»Ja danke. Ach Herr Kommissar? - Werden Sie es seiner Frau sagen?«

»Was?«

»Na das mit mir und Jürgen. Ich arbeite doch in seiner Kanzlei.«

»Da kann ich Ihnen leider nichts versprechen, Frau Sonneborn.«

Der Hauptkommissar schlenderte wieder zu Sören Metzger herüber, der ihm das Projektil präsentierte, welches die Spusi eben aus dem Stamm einer alten Eiche gepult hatte.

»Ich habs ja geahnt, wieder ein Dum-Dum Geschoss! - Und, haste aus der Dame noch wat rausgekriegt?«

»Ja, ich glaube, es geht um Schweineohren oder Kohle.«

»Wat soll dat denn heißen?«

»Das weis ich auch noch nicht, aber ich hab da schon sone Idee. Kannst du dich noch an den Toten aus dem Möhnesee erinnern, - dieses Frühjahr?«

»Aber sicher, der Anblick verfolgt mich noch immer in meinen Träumen.«

»Ob du es glaubst oder nicht, der Name eines der Verdächtigen von dem Fall ist eben wieder aufgetaucht.« In dem Moment kam ein Mitarbeiter der Spusi aufgeregt angerannt.

»Udo! Schau mal, was wir da hinten auf dem Rasen gefunden haben!«
Er hielt dem Hauptkommissar einen Beweissicherungsbeutel unter die Nase, in dem sich ein ganzes Bündel Fünfzig-Euroscheine befand.

»Druckfrisch mit Banderole Chef, eintausend Euro!«

»Also doch Kohle, keine Schweineohren. Interessant! Falls jemand nach mir fragt, ich fahre jetzt zur Ehefrau des Toten, ihr die traurige Nachricht überbringen.«
Mit diesen Worten machte sich Udo Schüppstuhl auf den Weg nach Hüsten.

*

Zwei Stunden, nachdem der Hauptkommissar und der Gerichtsmediziner den Goldenen Hahn verlassen hatten, klingelte mein Handy.

Berti war noch immer nicht aufgetaucht. Langsam machte ich mir Sorgen.

»Herr Hackenberg, hier spricht Gabriele Würgassen.«

Ich hörte meine Klientin leise schluchzen.

»Frau Würgassen, ist alles in Ordnung?«

»Nein, nichts ist in Ordnung. Mein Mann ist ermordet worden.«

Sofort schrillten bei mir sämtliche Alarmglocken.

Einen Moment war es still in der Leitung.

»Herr Hackenberg, waren Sie dort, als er - na sie wissen schon.«

»Aber Frau Würgassen, das ist ja schrecklich! Nein, ich wusste bis jetzt nichts von seinem Tod.«

»Aber Sie haben ihn doch überwacht. Sie waren doch dort, oder nicht?«

»Ist er am Golfklub -? Wenn ich ehrlich sein soll, nein ich habe es nicht mehr geschafft, dort vorbeizuschauen.«

»Aber Sie hatten es doch versprochen!«

Frau Würgassen, es tut mir unendlich leid, aber ich konnte gestern Abend wirklich nicht. Es war ja auch alles sehr kurzfristig.«

»Na ist ja jetzt auch ega-ha-haaal«, schluchzte sie.

»Es tut mir sehr leid für Sie, Frau Würgassen. Was ist denn genau passiert?«

»Er hat mich betrogen. Der Jürgen hat mich mit seiner Sekretärin, diesem Flittchen, betrogen!«

»Aber woher -?«

»Der Kommissar hat es mir gesagt.«

»Das tut mir leid, Frau Würgassen. Hat man den Täter denn schon gefasst?«

»Nein, es waren wohl zwei Täter. Aber die sind auf der Flucht.«

Ich wusste nicht, was ich sagen sollte. Wo blieb nur Berti!

»Dann hat sich der Auftrag wohl jetzt erledigt Herr Hackenberg.«

»Das versteht sich ja von selbst, Frau Würgassen.«

Ohne ein weiteres Wort beendete sie das Gespräch.

Verdammt Berti, wo turnst du nur rum, wenn man dich mal braucht?!

Kurz darauf meldete sich Schüppstuhl bei mir.

»Herr Hackenberg, wir haben schon wieder eine Leiche.«

»Ich hab gerade davon erfahren. Die Witwe des Mordopfers hat mich eben angerufen.«

»Herr Hackenberg, die arme Frau hat mir erzählt, dass

Sie gestern Abend am Tatort gewesen seien.«

Ich erklärte dem Kommissar, dass dem nicht so gewesen sei, da ich, wie er doch wüsste, im Goldenen Hahn ausgeholfen hätte und daher verhindert gewesen wäre. Damit gab er sich vorerst zufrieden.

»Haben Sie denn schon einen Verdacht, wer den armen Herrn Würgassen ermordet haben könnte, Herr Schüppstuhl?«

»So leid es mir tut, aber wir haben in dem Zusammenhang Herrn Fritz Hausstein vorläufig festnehmen müssen.«

»Den Fritz!? Aber was hat der denn damit zu tun?!««

»Darüber darf ich leider nicht mit Ihnen sprechen. Machen Sie es gut Herr Hackenberg.

Ich rief umgehend Willi an.

»Eigentlich darf ich jar nich mit dir darüber sprechen. Ich kann mir ja auch nich vorstellen, dat der Fritz den Würjassen ermordet hat, aber irjendwie is der in diesen Bankraub verwickelt, der während des Schützenfestes, stattfand. Bei den Bankräubern scheint et sich um dieselben Täter zu handeln, die bei dir die Leiche im Schrank hinterlassen, und die auch dat leckere Schaf auf dem Jewissen haben.«

»Na das ist ja `n Ding! Aber der Fritz? - Das glaube ich nicht.«

»Mach dir erstmal keine Sorjen um ihn. Den Mord traue ich ihm auch nich zu. Der Udo hat ihn vorerst ja wieder nach Hause jeschickt. Anjeblich hat die Hanni `ne Tüte mit Schweineohren zu dem Würjassen innen Jolfklub jebracht und dann sind die Mörder jekommen und haben verlangt dat er ihnen die Schweineohren - sie haben Kohle dafür jesacht - dat er ihnen die Tüte aushändicht.«

»Kohle? Du meinst, darin war die Beute aus dem Bankraub?«

»Dat ist nach der jetzigen Beweislage, leider ziemlich wahrscheinlich Alex.«

»Scheiße.«

»Dat kannste laut sajen.«

»Aber dann muss der Würgassen doch auch irgendwie da mit drinstecken.«

»Klar, aber den können wir nich mehr frajen.«

»Glaubst du, die Mörder sind noch in der Nähe?«

»Nee, ich denke, die Burschen haben jetzt, wat se wollten. Es hängt vermutlich, wie jesacht, allet mit dem Bankraub zusammen. Bei der Leiche auf dem Jolfplatz ham wir ein Bündel Fuffziger sicherjestellt, die wahrscheinlich aus dem Bankraub stammen. Wir lassen jerade die Seriennummern abjleichen.«

»Aber wie kommt das Geld denn auf den Golfplatz? - Ach so, ja, die angeblichen Schweineohren.«

»Jenau. Da kommt unser Fritz ins Spiel. Aber wir stehen ja noch janz am Anfang der Ermittlungen.«

Ich sprang sofort in meinen Wagen und raste zu Fritz und Hanni auf den Bauernhof. Die beiden saßen mit langen Gesichtern im Wohnzimmer.

»Na du machst ja Sachen! Jetzt auch noch `nen Bankraub. Fritz, Fritz, Fritz, wie sollen wir das nun wieder geradebiegen?«, scherzte ich mit einem Grinsen im Gesicht. Keinen Moment glaubte ich daran, dass er mit der Sache was zu tun hatte.

»Alex! Gut, dass du komms. Die ham mich anscheinend auf`m Kieker. Den janzen Morjen ham die mich in Hüsten auf der Wache inne Mangel jenommen. Aber wir ham dem Würjassen doch wirklich nur die Tüte mit den Schweineohren bringen wollen.«

»Bringe wollen?«

»Na ja, als ich eben im Stall nachjeschaut habe, standen die Schweineohren noch dort.«

»Und `ne Tüte mit Innereien. Die hab ich gestern da

hingestellt. Ihr ward ja nicht da. Das Zeugs war von Willi für deine Schweine.«

»Nee, ne Tüte mit Innereien war da nich, Alex.«

Ich schaute Hanni an.

»Aber was für eine Tüte hast du denn zum Golfplatz gebracht?«

»Na dann ja wohl Willis Tüte mit den Innereien. War das auch eine von Bäckerei Lampe?«

»Ja, richtig!«

»Na dann werd ich die wohl verwechselt haben.«

»Aber das würde ja bedeuten, dass Willi - .«

Eine halbe Stunde später traf ich mich mit Willi in der Küche des Goldenen Hahns. Im Kühlschrank fanden wir die Plastiktüte mit den Innereien, die ich eigentlich zu Fritz bringen sollte. Darauf konnte sich Willi nun auch keinen Reim machen.

»Ich rufe sofort Udo an und kläre die Sache. Der Fritz ist auf jeden Fall unschuldig. - Aber dann muss die Tüte mit den Innereien, in der in Wirklichkeit die Beute aus dem Bankraub war, ja hier im Kühlschrank jestanden haben. Ich habe sie dir doch persönlich in die Hand jedrückt.«

»Das ist wohl wahr.«

Willi kratzte sich nachdenklich am Kopf.

»Jetzt mal langsam zum Mitschreiben: Ich hatte zwei Tüten. Eine mit den Zutaten, die ich den ganzen Tag durch die Gegend jefahren habe - .«

»Moment, die hattest du doch bei mir vor der Scheune liegengelassen. Ich hab sie dir dann extra noch hierher gebracht.«

»Du? Aber die war doch bei mir im Kofferraum.«

»Nee, die hab ICH dir gebracht. Du warst nicht da. Ich hab sie in den Kühlschrank gestellt. Ganz sicher, ich hab noch reingeschaut. Da waren die Zutaten drin, die ich dir besorgt hatte.«

»Kann ich helfen?«

Erschrocken fuhren wir herum. Udo Schüppstuhl stand in der Tür. Er hatte noch ein paar Fragen an Fritz gehabt, und so von der mysteriösen Tüte aus Willis Besitz erfahren.

Wir erklärten ihm unsere Gedankengänge.

»Aber dann hatte ich ja drei Tüten, denn ich weiß genau, dass ich die Tüte bei meinem Einsatz in der Neheimer Fußgängerzone in den Kofferraum gelegt hatte. Unter die Warnweste.«

»Also die Tüte mit den Innereien und die mit den Zutaten waren hier im Kühlschrank, und dann noch die mysteriöse Tüte aus deinem Kofferraum, die du von Alex aus der Werkstatt mitgenommen hast, und die dann wohl die Beute aus dem Bankraub beinhaltet hat.«

»Und die die beiden schrägen Vögel vermutlich in meinem Kofferraum jesucht haben, als ich die Schafe einfing«, vervollständigte Willi den Gedankengang. Beide schauten mich erwartungsvoll an.

»Nee Leute, nee so nicht. Ich habe mit dem Überfall nichts zu tun!«, wehrte ich die haltlosen Verleumdungen ab. »Zu der Zeit war ich im Festzug und hinterher beim Vogelschießen. Willi, du hast mich doch gesehen, als ich den Weidenkorb der Vogelträger in Babsis Wagen gepackt habe!«

»Ja, ja, nun beruhige dich Alex. Niemand verdächtigt dich.«

»Was für einen Weidenkorb?«, fragte Udo neugierig. Nachdem wir ihn über den Brauch mit den Vogelträgern aufgeklärt hatten und dass der Umzug mitten in den Bankraub geplatzt war, schaute er uns nachdenklich an.

»Wegen der Morde und des Anschlags auf Willi können wir davon ausgehen, dass die Bankräuber auf der Flucht die Beute verloren und dann Himmel und Hölle in Bewegung gesetzt haben, sie wiederzubekommen.«

»Was ihnen ja auch gelungen ist«, konstatierte Willi.

»Der einzige Gegenstand, der beim Bankraub und danach in meiner Werkstatt zugegen war, ist der Weidenkorb«, sinnierte ich. Die Bankräuber müssen die Tüte mit der Beute nach dem Überfall dort drin versteckt haben, als alle Anwesenden als Zeugen befragt wurden.«

»Aber darin wäre die Tüte doch aufgefallen«, merkte Schüppstuhl an.

»Nich wenn sie die unter dem Stroh versteckt hätten«, führte Willi meine Überlegung fort. »Jetzt erinnere ich mich wieder an die beiden schräjen Vöjel, die nach dem Vogelschießen an der Freilichtbühne herumlungerten. Im Nachhinein betrachtet könnten die sich durchaus für dich und den Weidenkorb interessiert haben.«

»Das lässt den Mord an Fiete Küstnacht in einem ganz neuen Licht erscheinen. Was ist, wenn die Bankräuber zurückgekommen sind und der arme Kerl hat sie in meinem Laden überrascht, als sie die Tüte aus dem Weidenkorb holen wollten«, überlegte ich laut. »Nein! Da war der Korb ja bereits abgeholt worden.«
Ich fasste mir in Colombo-Marnier an den Kopf.

»Jetzt fällt mir ein, dass Klettmeisers Jupp, als er zusammen mit Scheuermanns Kalle den Vogelträgerkorb abholten, wegen einer Tüte fragte und was er damit machen sollte. Ich dachte, er meinte die mit den Zutaten.

- Nein, der Jupp muss die mit der Beute gefunden haben. Ich hatte das nur falsch verstanden!«

»Dann wären Herr Küstnacht und Herr Würgassen einfach nur unschuldige Opfer«, sagte Schüppstuhl nachdenklich.

»Nich zu verjessen das leckere Schaf«, fügte Willi hinzu.

.

24

Am Nächsten Morgen war Han Wu mit seiner
Stretchlimousine auf dem Weg zu Ossie und Ritchie. Sie
hatten ihm bereits acht Filme aus ihrem Vorrat alter,
schon benutzter Filme gemailt, mit denen Wu seinen
Kuhschisswetten im Internet den gewünschten,
ländlichen Flair geben konnte. Die Nachfrage, nach dieser
lustigen Art von Wette im World Wide Web war gewaltig
und dementsprechend üppig sprudelten die Einnahmen.
Er tippte Stiernacken eins auf die Schulter.

»Halt mal an, Mimi muss aus der Hose!«
Für seinen Chef nicht sichtbar, verdrehte der Leibwächter
mit der Sumo-Ringer-Figur genervt die Augen. Dieser
scheiß Mops ging ihm gehörig auf die Nerven. Es war
jedoch gesünder, seinen Chef das nicht wissen zu lassen.
Daher steuerte er den Wagen an den Straßenrand.
Auffordernd blickte er seinen Kollegen auf dem
Beifahrersitz an, der von der Aktion ebenso wenig
begeistert war, wie er selbst. Stiernacken zwei öffnete die
Tür, griff sich eine der Plastiktüten, welche Ritchie ihnen
geschenkt hatte und stieg aus. Mimi wurde angeleint und
er führte sie geduldig an der Straße auf und ab, biss sie
sich dazu entschloss, einen Haufen zu machen. Danach

lieferte er den Mops wieder im Fond bei seinem Chef ab und sammelte, unter Zuhilfenahme einer Handvoll Blätter aus dem Straßengraben, Mimis Hinterlassenschaft ein. Mit angewidertem Gesichtsausdruck ließ er alles in die Plastiktüte fallen.

Danach setzten sie ihre Fahrt fort. Sein Boss legte großen wert darauf, Mimis Kacke ordnungsgemäß zu entsorgen. Ein paar Minuten später erreichten sie Ossies Scheune. Han Wu begab sich in Begleitung von Stiernacken eins in die Scheune, um mit Ossie und Ritchie noch ein paar kleine Änderungen zu besprechen. Mangels eines Mülleimers schlenderte Stiernacken zwei um die Scheune, um nach einem geeigneten Platz zu suchen, die Plastiktüte zu entsorgen.

Fünfzehn Minuten später knatterte Hotte mit seinem Trecker auf den Hof. Ossie schaute aus dem Scheunentor.

»Hey Ossie, ich komme, den Anhänger abholen!«, rief Hotte ihm zu.

»Heute ist doch Sonntag, hast du denn kein Wochenende?«

Habe Montag keine Zeit, deshalb komme ich heute schon!«

»Super! Bremsen, Reifen und TÜV! Wie besprochen!«

»Geht klar Ossie!«

»Sehen wir uns heute Abend hier zur Sonderwette? - Mein Geburtstag, du weist doch!«

»Ich denke ja, - Kim kommt auch mit!«, rief ihm Hotte über die Schulter zu, während er den Trecker vor den Anhänger rangierte und die Kupplung einrasten ließ. Danach knatterte er schon wieder davon.

»Der hat`s aber eilig«, murmelte Ossie und verzog sich wieder in die Scheune.

Eine halbe Stunde später. Willi stand in Ossies Scheune und verzehrte genüsslich eine Schale Pommes, die er sich eben, zur Mittagspause, an seiner Lieblings-Fritten-Schmiede gegönnt hatte. Da er sich noch immer um die Sicherheit von Ossies Scheune sorgte, hatte er sich gedacht, mal bei den beiden vorbeizuschauen. Sie hatten ihm soeben Han Wu als ihren neuen Geschäftspartner vorgestellt, der angeblich doch nichts Böses im Sinn hatte. Willi hatte das akzeptiert, war aber innerlich nicht gänzlich davon überzeugt. Er stand Menschen, die mit Glückspiel ihr Geld verdienten, sowieso skeptisch gegenüber. Plötzlich klingelte sein privates Handy. In der einen Hand die Pommesschale balancierend, nestelte er das Telefon aus der Innentasche. Dabei verschüttete er einige, der mit Majo getunten Fritten auf dem Boden und seinen blankgeputzten Dienstschuhen.

»Verdammte Scheiße! Hotte!, ich bin am Essen! Was gibts? - Häääh?!!«

Sprachlos starrte Willi vor sich hin.

»Eine Leiche??! Schon wieder!!? Wer ist es?«

Willi blickte zu Han Wu hinüber und dann zu dessen Leibwächter, der sich ständig suchend umschaute.

»Ist gut Hotte, fass nix an, ich schick dir Udo und die Spusi vorbei. So langsam reicht`s mir aber mit den Leichen. Is ja schlimmer, als in Chicago während der Prohibition.«

Willi schlenderte zu Ossie hinüber und sprach Han Wu an.

»Entschuldijen Sie, vermissen Sie vielleicht einen Mitarbeiter?«

»Wu schaute Willi fragend an. Dann schaute er sich um und fragte Stiernacken eins, wo sein Kollege sei. Der zuckte nur mit den Schultern.

»Was veranlasst Sie zu der Frage Herr Kommissar?«

»Soeben wurde in einer Autowerkstatt am Ortsrand die Leiche eines sehr korpulenten Asiaten jefunden. Da Asiaten hier recht selten sind, dachte ich - «. Willi ließ den

Satz unvollendet und schaute Wu fragend an.

Han Wu gab seinem Leibwächter einen schroffen Befehl, woraufhin der eilig die Scheune verließ. Nach ein paar Minuten kam er kopfschüttelnd zurück.

»In der Tat, Herr Kommissar, ich vermisse einen meiner Mitarbeiter.«

»Dann muss ich Sie leider bitten, mir zu foljen. Möchlicherweise handelt es sich ja bei der Leiche um ihren Anjestellten.«

Eine Stunde später war das Außengelände um Hottes Werkstatt von, in weiße Schutzanzüge gekleideten, Beamten bevölkert.

Sören Metzger stand am Anhänger. Man hatte die Ladeklappe geöffnet, hinter der die Leiche lag. Hotte und Kim saßen etwas abseits und schauten sich das hektische Treiben an. Han Wu hatte bereits den Toten als seinen Leibwächter identifiziert.

»Sören! Sag mir nicht, dass es schon wieder ein Opfer unserer Bankräuber gibt.«

»Udo, auch dir einen guten Morgen! Hat man dir auch den heiligen Sonntag versaut? Tja, du könntest recht haben. Wir haben zwar kein Projektil gefunden, aber die Art der Austrittswunde - also eigentlich kann man da schon nicht mehr von Wunde sprechen. Es fehlt mal wieder der Hinter....«

»Stop!! - Sag es nicht!«

»Doch, hier, willst du mal sehen?«

»SÖREN! NEIN!!«

»Der Kerl ist höchstens seit zwei Stunden tot. Der Sauerei nach zu urteilen, scheint er hier auf dem Anhänger erschossen worden zu sein.

Udo winkte Hotte herbei.

»Herr Kimmel. Ist das Ihr Anhänger?«

»Nein, den hab ich erst vor etwa zwei Stunden von Ossies Scheune abgeholt. Ich sollte Reifen, Bremsen und TÜV machen.«

»Am Sonntag?«

»Na Sie arbeiten doch auch heute.«

»Das ist leider wahr. Erst vor zwei Stunden sagen Sie? Ja haben Sie denn die Leiche nicht bemerkt?!«

» Nee, da lag ja die Plane drüber. Ich hab nix angepackt. Ich bin nur an den Hänger rangefahren, hab in angekuppelt und dann sofort los, in die Werkstatt. Tja, und als Kim und ich anfangen wollten, haben wir den Toten gefunden. Der war noch warm. Zuerst dachten wir, der wäre bloß besoffen, aber dann -.«

Schüppstuhl nickte nachdenklich.

»Dann muss das Opfer kurz vorher erschossen worden sein. Wo, sagten Sie, haben Sie den Hänger abgeholt?«

Hotte gab dem Kommissar Ossies Adresse.

»Danke Herr Kimmel, das wäre vorläufig alles.«

Metzger winkte zwei Mitarbeiter der Spurensicherung herbei.

»Jungs, könnt ihr mal mit anpacken. Wir müssen die Leiche herumdrehen. Ist ja ´n ganz schöner Koloss der Kerl. Also, bei drei: EINS - ZWEI - DREI!!«

Sie rollten die Leiche von Stiernacken zwei weiter auf den Hänger, so dass er auf dem Bauch zu liegen kam.

»Ja was haben wir denn da?!«, entfuhr es Kommissar Schüppstuhl. »Eine Plastiktüte! Der muss da draufgelegen haben!«

Er kippte den Inhalt auf eine freie Fläche des Hängers.

»Oha! Jede Menge Kohle.«

Schüppstuhl zählte grob die Geldbündel.

»Das müssten so um die 80.000 sein!«

»Es könnte sich um die Beute aus dem Bankraub handeln. Aber dann passt der Tote vom Golfplatz und die dort verschwundene Tüte, mit der angeblichen Beute nicht mehr ins Bild«, gab Sören Metzger zu bedenken.

Udo kratzte sich am Kopf.

»Ich blicke nicht mehr durch. - Jungs! Lasst bitte überprüfen, ob das Geld wirklich aus dem Bankraub in Herdringen stammt, und untersucht die Tüte auf Fingerabdrücke! Ich mache mich auf den Weg zum vermutlichen Tatort.«

*

»Hallo Ossie! Hallo Ritchie! Darf ich euch Hauptkommissar Schüppstuhl vorstellen? Er hat ein paar Fragen an euch.«

Willi hatte Udo Schüppstuhl zur Ossies Scheune begleitet.

»Guten Tag meine Herren. Wahrscheinlich haben Sie es schon mitbekommen. Auf Ihrem Anhänger, der zurzeit in der Werkstatt von Horst Kimmel steht, wurde heute eine männliche Leiche entdeckt.«

»Ja, wir waren dabei, als Willi den Anruf erhielt. Ist der Tote denn tatsächlich der Leibwächter unseres Geschäftspartners Han Wu?«

»Das ist leider wahr. Wie es aussieht, wurde er hier auf ihrem Gelände ermordet.«

»Hier??! Ermordet?!! Er ist ermordet worden?«

»Davon gehen wir aus, ja.«

»Wann soll das denn passiert sein?«

»Ich stelle hier die Fragen, meine Herren. Bitte schildern sie mir, was sie heute Morgen gemacht haben. Genau, wenn es geht.«

»Wir waren den ganzen Morgen hier in der Scheune. So etwa seit acht Uhr. Es ist noch Einiges vorzubereiten für heute Abend, müssen Sie wissen.

»Der Anhänger stand die ganze Zeit draußen auf dem Hof?«

»Ja sicher, wir waren gestern Nachmittag bis abends damit in Hüsten, unser angesammeltes Leergut wegbringen. Da kommt ganz schön was zusammen, müssen Sie wissen. Seit dem stand er auf dem Hof.« Schüppstuhl nickte verstehend.

»Heute, so gegen zehn kam dann Han Wu mit seinen Männern vorbei. Er hatte noch ein paar Verbesserungsvorschläge, die wir besprechen mussten.

»Erzählen Sie mir bitte, was die beiden Leibwächter Ihres Geschäftspartners in der Zeit gemacht haben?«

»Also der eine stand die ganze Zeit in der Nähe von Herrn Wu. Den anderen hatte er hinausgeschickt, um Mimis Hinterlassenschaften entsorgen.«

»Mimi?«
Schüppstuhl schaute ihn fragend an.

»Na ja, er hatte eine Plastiktüte dabei, in der war die

Kacke seines Hundes. Mimi der Mops von Han Wu. Er legt großen Wert darauf, dass das Zeugs nicht in der Gegend herumliegt.»

Bei dem Wort Plastiktüte wurde der Kommissar hellhörig. Zu oft schon war ihm während dieser Mordserie eine Plastiktüte untergekommen. Das konnte kein Zufall sein.

»Plastiktüte sagen Sie? Wie sah die aus?«

»Na wie `ne ganz normale Tüte eben. Blau-weiß, hier vom örtlichen Bäckermeister. Wir hatten ihm ein paar davon gegeben, da seine Eigenen alle verbraucht waren.«

»Und mit so einer Tüte ist er dann rausgegangen?«

»Ja, sicher. Ich habe ihn hinter die Scheune geschickt. Er sollte sie dort irgendwo entsorgen.«

»Stand dort auch der Anhänger, den Herr Kimmel heute abgeholt hat?«

»Ja klar.«

»Danke meine Herren, sie haben mir sehr geholfen.«

Auch die Bankräuber, verfolgt von Berti, waren an diesem Morgen, bei ihrer Suche nach dem Anhänger, an Ossies Wettscheune angelangt. Berti war seit dem Mord gestern Abend auf dem Golfplatz, noch immer mit den beiden unterwegs, um sie nicht aus den Augen zu verlieren.

Sie hatten den dicken Chinesen heute Vormittag, mit einer Plastiktüte in der Hand, auf dem Anhänger stehen sehen. Er hatte sich nach allen Seiten umgeschaut und sich so noch verdächtiger gemacht.

Jörg war losgesprintet und schlitternd vor dem eindrucksvollen, an einen Sumo-Ringer erinnernden Mann, zum Stehen gekommen.

»Heh! Das ist unsere Tüte!«, hatte er gerufen.

»Euele Tüte??? Abel - ?«

»Du hast richtig gehört!«, hatte sich dann auch der andere eingemischt.

Berti, der unbemerkt dabeistand, ahnte nichts Gutes.

»Los her damit, Fettsack!«, hatte dann der eine, der leicht reizbare, den Chinesen angeherrscht. Der war aber nicht so leicht zu beeindrucken. Außerdem war dem Chinesen anscheinend nicht klar, was die beiden mit seiner Tüte wollten.

»Aber was wollt ihr denn mit - », setzte der zu seiner verwunderten Frage an, als die Sache auch schon anfing, aus dem Ruder zu laufen. Der Gangster zog die Pistole mit dem aufgeschraubten Schalldämpfer aus der Jackentasche und schoss dem Chinesen, in einer fließenden Bewegung, ohne zu zögern, genau zwischen die Augen. Einer Marionette gleich, der man die Fäden durchgeschnitten hatte, brach er direkt hinter der Ladeklappe auf dem Anhänger zusammen.

Berti hatte kurz und völlig fassungslos, ob der hemmungslosen Brutalität des Gangsters geblinzelt, konnte aber nicht wirklich eingreifen. Er wechselte ein paar freundliche, beruhigende Worte mit dem Geist des toten Leibwächters. Der war ebenfalls vollkommen überrumpelt und nicht gerade begeistert, über sein vorzeitiges Ableben. Er meinte, er hätte noch so viel vorgehabt in deinem Leben. Mit den Worten »Shit happens, Alter«, die er im Radio aufgeschnappt hatte, versuchte Berti ihn zu trösten. Als das nichts nutzte, hatte er ihn aufmunternd angeschaut und gemeint, dass niemand wüsste, wie lang seine Kerze dort oben noch sei und das er ja möglicherweise, in ein paar hundert Jahren, eine neue Chance bekäme. Mit Blick auf das helle Licht am Ende des Tunnels hatte er ihn dann zur Eile angetrieben, denn sonst würde ihn dasselbe Schicksal ereilen, wie ihn selbst. Das ließ sich der dicke Geist nicht zweimal sagen und entschwand. Wohin auch immer. Danach wandte sich Berti wieder dem Geschehen zu. Die beiden Gangster hatten inzwischen die sterblichen Überreste ihres Opfers mit einer grünen Plastikplane, welche zufällig auf dem Hänger lag, abgedeckt.

»Das gibt uns ein wenig Vorsprung. So schnell werden die den Toten nicht entdecken. Das hätte der Fettwanst sich so gedacht, einfach mit unserer Kohle abhauen. Aber nicht mit Kevin Jablonski«, hatte der Mörder getönt und dem Toten die Tüte aus der Hand gerissen. Dann waren sie losgerannt.

Interessant wurde es, Bertis Meinung nach, als sie den geparkten Fluchtwagen erreicht hatten und der eine von beiden, der mit der Waffe und der niedrigen Reizschwelle, seine Finger erwartungsvoll in die Tüte steckte und daraufhin dessen Gesichtszüge entgleisten. Wie hypnotisiert hatte der auf die Tüte gestarrt und dann seine Finger mit ungläubigem Blick, langsam herausgezogen. Sein Augenlied hatte wild zu zucken begonnen und sein Gesicht veränderte sich zu einer wütenden Fratze.

Berti prustete laut lachend, aber für alle Beteiligten unhörbar los, als er die, mit weicher, stinkender Hundekacke beschmierten Finger des Mörders sah. Wütend schleuderte der die Tüte in den Fußraum des BMW, worauf sich die Exkremente auch dort verteilten. Seine Finger wischte der Gangster dann provozierend langsam am geblümten Oma-Kleid des anderen ab. Dabei schaute er dem in die Augen, als wolle er sagen: *Wehr dich doch, tu mir den Gefallen.*

Berti lies noch einen seiner berüchtigten Darmwinde entfleuchen, woraufhin die Stimmung im Wagen endgültig kippte.

25

Sonntag Abend. Kommissar Schüppstuhl hatte sich bei Willi einquartiert, um vor Ort zu sein. Die Gefahr, dass sich die skrupellosen Mörder und Bankräuber noch immer in der Nähe herumtrieben und ihrer Beute hinterherjagten, war groß. Bei der Gelegenheit wollten die beiden ein neues Rezept ausprobieren, da Willi noch ein schönes Stück Schafsfleisch beiseitegelegt hatte. Während Kommissar Schüppstuhl seine Idee einer Pflaumen-Annanassauce verwirklichte und Willi die Lammschulter vorbereitete, saßen Jörg und Kevin frustriert und noch immer als Ehepaar verkleidet, in der Gaststube ihres Herdringer Hotels, tranken Bier und genossen üppige Schnitzel.

Die Tür zur Gaststube öffnete sich und Scheuermanns Kalle trat ein.

Er steuerte, ohne die beiden zu beachten, direkt auf den Tresen zu und pflanzte sich auf einen der Barhocker.

»Pilsken wie immer?«, fragte Sabine, die Wirtin, und begann, ohne die Antwort abzuwarten, sogleich ein Helles zu zapfen.

Kalle nickte nur.

»Haste schon jehört?!«, fragte er, noch immer ganz

außer Atem. »Se ham schon wieder `ne Leiche jefunden! Die Dritte dieses Wochenende!«

»Jesses Maria und Chossef! In Echt?!!«

»Na wenn Ichs doch sach! Klein Schikago im Sauerland. Diesmal bei Hotte inne Werkstatt! Auf Ossies Treckeranhänger. - 'nen Kineeesen!«

Jörg und Kevin, die nicht weit entfernt saßen, spitzten die Ohren.

»`Nen Kineeesen sachse? Wat macht denn en Kineeese hier aum Dorf?«

»Ja jetz macht der nix mehr. Mahlmanns Ritchie hats mir eben vertellt. Er und Ossie war`n jestern noch mi´m Anhänger in Hüsten, sind dann damit wieder nach hier jefahren und dann muss einer heute Morjen den Kineeesen aum Hänger umjepustet haben!«

»Umjepustet?«

»Ja! Abba so richtich!« Kalle deutete mit den Fingern einen Revolver an. »Wie im Tattort, nur eben in Echt, woll!«

Die Wirtin stellte ihm das Bier vor die Nase.

»Komm trink erstmal, datte dich wieder beruhichs Kalle. - Schnäpsken?«

»Jau, dat wär hilfreich!«

Jörg hob die Brauen.

»Haste gehört?«, flüsterte er, »das war **doch** der richtige Anhänger heute Morgen. Der muss gestern Abend, auf der Landstraße von Hüsten nach Herdringen, an uns vorbeigefahren sein. Genau auf den, hab ich die Tüte draufgeschmissen.«

»Aber dann haben die Bullen das Geld doch jetzt sicher gefunden«, murmelte Kevin leise.

»Und wenn nicht? Was, wenn dieser Ritchie, oder Ossie, oder wie die heißen, die Kohle vorher gefunden und eingesteckt haben?«

Kevin schaute Jörg nachdenklich an und nickte.

»Du hast recht, wir sollten denen noch einen Besuch abstatten.«

»Darf ich Ihnen auch noch wat bringen?!«, rief die Wirtin ihren beiden Hausgästen zu.

»Nee, danke, wir müssen nochmal los!«, rief Kevin zurück. Schreiben Sie das Essen aufs Zimmer!«

Die beiden erhoben sich und verließen den Gasthof.

»Wat war dat denn für `ne Schabracke?«, fragte Kalle neugierig.

»Hausjäste, dat Ehepaar wohnt seit jestern hier.«

»Der arme Kerl. - Komm, mach mir noch `n Kurzen.«

26

Dunkelheit und Stille lag über dem kleinen Sauerländer Dorf. Nur durch die Ritzen der alten Scheune am Dorfrand drangen noch Licht und lautes Gejohle. Der zusätzlich eingeschobene Wettabend hatte sich schnell herumgesprochen. Der Beamer warf das gewohnte Bild, der in Flutlicht getauchten Wiese, auf die riesige, neue Leinwand. Ossie und Ritchie hatten, dank Han Wus großzügigem Scheck, investiert. Eine neue Soundanlage, die teuere große Leinwand und ein funkelnagelneuer Beamer der gehobenen Preisklasse. Han Wu hatte sich für heute Abend angekündigt, um das Rindsroulette, wie sie ihre Veranstaltung jetzt nannten, hier live, in authentischer, ländlicher Umgebung zu erleben.
Da Ossie Geburtstag feierte, gingen alle Getränke aufs Haus. Außer natürlich die kleinen, völlig überteuerten Schnapsfläschchen, die als Wetteinsatz fungierten.

»Komm Alex! Nimm noch ein Bier! Es ist mein Geburtstag heute!«
Ossie streckte mir eine Flasche hin.

»Alles in Ordnung?! Du siehst irgendwie besorgt aus!«
Nee, nee, Alter, alles gut!« Ich nahm die Flasche und wir stießen auf seinen Geburtstag an.

Ich machte mir wirklich ernste Sorgen. Berti war noch immer nicht aufgetaucht. Seit gestern Abend, als er sich auf den Weg zur Beschattung des Golfklubvorsitzenden gemacht hatte, war er verschwunden. Gut es konnte ihm nichts passieren, tot war er ja bereits, aber trotzdem war ich beunruhigt.

»Hey Alex, du auch hier?! Und Capone haste auch mitgebracht!«

»Hotte! Kim! Schön euch zu sehen! War ja ´n ziemlicher Auflauf heute bei euch an der Werkstatt!«

»Das kannste laut sagen!«

»Zum Glück ist die Spurensicherung jetzt wieder abgezogen. Die haben uns ja die ganze Werkstatt lahmgelegt - na ja, ist ja sowieso Wochenende. War aber auch kein schöner Anblick, der Tote!«, meinte Kim.

»Ich dachte, dich kann so leicht nichts erschüttern?«

»Nu mach mal halblang Alex, das war erst meine zweite Leiche dieses Jahr!«, entgegnete Kim grinsend und spielte auf den toten Zuhälter an, dessen Tod wir bei unserem letzten Fall, im Frühjahr dieses Jahres, hautnah miterleben durften.

Aus dem Augenwinkel sah ich, dass Han Wu, in Begleitung seines letzten verbliebenen Lebwächters, Stiernacken eins, die Scheune betrat. Er trug wie immer zu seinem eleganten Anzug die Mopsdame Mimi auf dem Arm und steuerte auf Ossie zu. Ich sah, wie sie sich überschwänglich begrüßten.

Danach klopfte Ossie auf sein Mikrofon, um die Aufmerksamkeit der Gäste zu erlangen.

Meine Damen und Herren, liebe Freunde! Schön, dass ihr heute so zahlreich erschienen seid. Ich hoffe, das Bier ist nach eurem Geschmack! Wie ihr sicher bemerkt habt, gehen die Getränke heute alle aufs Haus, da ich Geburtstag habe!

Allgemeines Gejohle und gerufene Glückwünsche übertönten die Hintergrundmusik.

»Danke, danke, danke! Trotz allem habt ihr euch nicht lumpen lassen, wie ich sehe! Die Wettfelder des Koordinatensystems sind alle vergeben, so dass wir mit der heutigen Wette beginnen können!«

Wieder ertönte allgemeine laute Zustimmung. Auch Han Wu nickte Ossie anerkennend zu, hatte aber selbst keine Wette abgegeben.

Ossie nahm sein Handy und drückte Ritchies Kurzwahltaste. Dann sprach er ins Mikrofon, so dass alle das Gespräch mithören konnten.

»Ritchie! Kannst du mich hören!?«

»Laut und deutlich, mein Freund!«

»Ritchie, wen hast du uns heute mitgebracht?!«

»Ossie, heute gibt sich Hellmeiers Rudi seine Sybille die Ehre! Die zweijährige schwarz-bunte Dame freut sich schon wie Bolle auf ihren Auftritt!«

»Super, Ritchie! Dann würde ich sagen, spann uns nicht länger auf die Folter und öffne das Gatter!!!«

»Gerne Ossie! Möge der Schiss mit euch sein!!!«
Allgemeines Gelächter und Zustimmung in der Scheune.

»Da! Es geht los!«
Hotte deutete auf die Leinwand, wo soeben eine schwarz-weiß gefleckte Kuh über die Leinwand trabte, sich langsam beruhigte und zu grasen begann.

»So! Sybille rennt über die lange Ecke von G2 nach E2!«, ertönte Ossies Stimme aus den Lautsprechern. »Nein, das scheint die falsche Taktik zu sein!! Da! Ja, jetzt wechselt sie zu H1, nein H2. Ja H2 scheint ihr zuzusagen! Das Hinterteil schwebt über H2! Wer hat H2 - egal, - vorbei. Sybille rennt wieder los - ja was hat sie nur? Mädchen, nutz die Chance! Ah! Die Karten werden neu gemischt! G9 ist jetzt der Favorit, G9! Jetzt verscheucht sie anscheinend lästige Fliegen mit ihrem Schwanz - und!! - Setzt sich wieder in Bewegung!«
Enttäuschtes Raunen aus einer Ecke der Scheune.

»Sybille wendet sich nach rechts! Gemächlich schreitet

sie voran! Nu mach aber mal hinne!! Da! F7 ist jetzt der Favorit, F7! Oh! Oh! Sie hebt den Schwanz! Ein gutes Zeichen! Uuuund ja!!! Da kleckert es heraus das Glück dieser Nacht! Und exakt auf den Schnittpunkt F7,G7,F8,G8! Damit ist es entschieden! Der Gewinn wird durch diese vier Felder geteilt! 1250 Euro für jeden der vier glücklichen Gewinner!!!«

Aus mehreren Ecken der Menge war frenetischer Jubel zu hören. Die vier Gewinner bahnten sich den Weg zum Wettschalter, um ihr Geld in Empfang zu nehmen.

Nur fünfzehn Minuten später hatten bereits einige vom Glück im Stich gelassene Besucher die Scheune verlassen. Nur die Freunde und Bekannten von Ossie und Ritchie standen in Grüppchen in der Scheune, um weiter auf Ossies Geburtstag zu trinken, es gab schließlich Freibier. Ich stand mit Hotte und Kim zusammen und das Gespräch drehte sich um Capone, den mittlerweile alle ins Herz geschlossen hatten.

Etwas abseits bemerkte ich Han Wu, der Ossie ein dickes Bündel Euroscheine übergab. Stiernacken eins versuchte, die Szene notdürftig mit seinem breiten Kreuz abzuschirmen. Aber trotzdem sah ich das üppige Paket Fünfhunderter aufblitzen. Han Wu bevorzugte anscheinend Cash bei der Bezahlung der Wettfilme, die ihm die beiden bereits gesendet hatten. Auch Hotte und Kim war die Übergabe nicht entgangen.

Hotte grinste mich an.

»Die richtige Idee muss man haben, und natürlich `ne ordentliche Portion Glück, woll«, meinte er versonnen.

»Da sachste was. Mit Scheiße Geld verdienen, das wär schon immer mein Traum gewesen«, entgegnete ich grinsend und stieß mit Hotte und Kim an.

Dann sah ich, dass Ossies Gesichtsausdruck sich radikal änderte. Das Bündel Geldscheine noch in der Hand, hob er langsam beide Hände über den Kopf. Ein Fremder, begleitet von einer außerordentlich unattraktiven Frau richtete eine Waffe auf ihn.

Der Fremde sagte irgendetwas zu Ossie, was aber wegen der lauten Musik nicht zu hören war. Ich sah, wie Ossie ihm widerwillig das Bündel Geldscheine entgegenstreckte. Der Fremde machte seiner Begleiterin ein Zeichen. Die streckte die Hand aus, um das Geld zu nehmen. In dem Moment bemerkte ich Berti, der, ein wenig schneller als die Frau, ebenfalls nach dem Geld griff und zu mir herüberbrachte.

Auch mein neben mir stehender Freund Hotte beobachtete fassungslos die Szene. Er sah, wie plötzlich, wie von Geisterhand, das Geldbündel durch die Luft auf mich zuschwebte. Berti hatte wiedereinmal dazugelernt. Ich nahm das Geld an und starrte grinsend zu dem Fremden mit der großen Wumme herüber. Der drehte sich ungläubig zu mir um, stieß Han Wu zur Seite und stürzte, mit vor Wut verzerrtem Gesicht, auf mich zu. Dabei brachte er Wus Mopsdame Mimi leicht aus dem Gleichgewicht, was diese mit wütendem Gebell quittierte. Das wiederum konnte Capone nicht zulassen. Er machte einen, für den kleinen Mops gewaltigen Satz und verbiss sich, was sonst gar nicht seine Art war, noch im Fluge in der Wade des Fremden. Dem glitt vor Schmerz seine Pistole aus der Hand, als er versuchte den lästigen Köter, wie er Capone fluchend titulierte, irgendwie abzuschütteln. Ich sah, wie die Waffe genau vor Hottes Füße schlitterte und der dann lässig seinen Fuß darauf stellte, was bei seinen 150 Kilo Lebendgewicht als endgültige Inbesitznahme der Kanone zu bezeichnen war. Der durch Capone abgelenkte Angreifer sah sich nur Sekunden später, durch Kim und einen ihrer komplizierten Judogriffe, auf dem Boden festgenagelt. Ich bemerkte, wie die Begleiterin des Fremden zögernd in ihre Manteltasche griff, ebenfalls eine Pistole herauszog und zitternd auf mich richtete.

»Das Geld her, aber sofort!«

Dann schwenkte sie den Revolver zu Kim herüber.

»Und du lass meinen Freund los, aber schnell!«

Nun trat Berti, von allen unbemerkt, in Aktion. Er stellte sich vor die hässliche Frau, drehte ihr den Rücken zu und presste einen wahrlich königlichen Furz hervor. Schade, dass die Umstehenden das nicht hören konnten. Lang andauernd und in verschiedenen unappetitlichen Tonlagen, ließ er seinen Darmwind streichen. Bevor mir der bestialische Gestank in die Nase fuhr, wurde mir schon vom Geräusch leicht schwummerig. Viel schlimmer jedoch war die Wirkung auf die Frau. Sie schlug stöhnend beide Hände vors Gesicht, ließ dabei die Waffe fallen und drehte sich angewidert von der unsichtbaren Quelle des Gestanks weg. Ich nutzte die Gelegenheit, machte einen Hechtsprung zu ihr herüber, umschlang sie mit beiden Armen und riss sie so von den Füßen. Wir landeten beide auf dem harten Betonboden der Scheune, wobei die Dame allerdings die ungünstigere Position hatte und zusätzlich mit ihrem, für eine Frau ohnehin schon hässlichen Gesicht, den Aufschlag abbremste. Als sie dabei auch noch ihre Perücke verlor, wurde mir einiges klar.

Mittlerweile waren auch die anderen Gäste auf das Geschehen aufmerksam geworden. Einige eilten herbei und wir fesselten die Gangster mit Verlängerungskabeln an zwei, der zahlreich vorhandenen Holzstützen der Scheune. Andere rissen das Scheunentor auf, um frische Luft hereinzulassen, was vielen als ebenso wichtig erschien.

Ich sammelte die Geldscheine auf, die ich bei der Aktion verloren hatte, und überreichte sie Ossie.

Han Wu starrte mich noch immer fassungslos an.

Nachdem er am Freitag beobachtet hatte, wie ich Capone mitten im Fluge, anscheinend nur durch meine Willenskraft, gestoppt hatte und heute anscheinend nur durch meine Willenskraft die Geldscheine dazu gebracht hatte, zu mir herüberzuschweben, war er restlos davon überzeugt, dass ich übernatürliche Kräfte besaß.

Ritchie, der mittlerweile von der Kuhweide zurückgekehrt war, ließ sich in allen Einzelheiten von den Geschehnissen berichten.

Berti erzählte mir zwischenzeitlich, wie er die Gangster verfolgt hatte und was das für abgebrühte Ganoven seien.

Danach zückte ich mein Handy und wählte Willis Nummer.

»Willi, du kannst die beiden Bankräuber und Serienmörder bei Ossie in der Scheune abholen.«

»Wie jetzt?!?«

»Bring ein paar Kollegen zum Tragen mit, wir haben sie praktisch zum Paket verschnürt.«

»Willst du mich jetzt Ver..?!«

»Nein im Ernst!«

Kurze Zeit später traf Willi, noch in Kochklamotten, gefolgt von Udo Schüppstuhl, ebenfalls in Kochklamotten, in der Scheune ein. Sie staunten nicht schlecht, als wir ihnen von der turbulenten Überwältigung der Gangster berichteten.

Schüppstuhl blickte grinsend zu Kim herüber.

»Warum wundert es mich nicht, Sie schon wieder mitten im Getümmel vorzufinden.«

In dem Moment tauchte die Reporterin Regina Schnatmann auf. Ich wunderte mich, wie schnell die Presse von den Geschehnissen hier erfahren hatte. Vermutlich hatte sie gute Kontakte zur Polizei. Es war Udo und Willi sichtlich peinlich, als sie bei der Festnahme, neben den Gangstern in Kochklamotten abgelichtet wurden.

Immer im Dienst, unsere pflichteifrige Polizei!

Lautete am nächsten Tag die Schlagzeile in der örtlichen Presse.

Angeregt durch Mitglieder der freiwilligen Feuerwehr, welche am Wettabend vor Ort waren, wurde am nächsten Tag intensiv aber vergeblich nach einem Gasleck in Ossies Scheune gesucht, welches den bestialischen Gestank rechtfertigen könnte, der am Abend so urplötzlich aufgetreten war.

Berti und ich saßen am nächsten Morgen im Büro, lasen die Zeitung und ließen die Geschehnisse der letzten Tage nochmals Revue passieren. Ich war sehr stolz auf meinen durchsichtigen Mitarbeiter und hatte ihm als Dank eine Kiste teuerer Zigarren gekauft. Berti war begeistert und nebelte sogleich mein Büro damit ein.

Einen Monat später wurde meine Audrey Hepburn Marke von einem bekannten Auktionshaus versteigert. Da dieser ganze Fall mir nichts, außer ein paar blaue Flecken eingebracht hatte, freute ich mich über das finanzielle Polster. Den Gedanken, Fiete Küstnachts Witwe einen Teil der Einnahmen abzutreten, verwarf ich schnell wieder. Zum Einen hatte er ausdrücklich auf das Geld verzichtet, da er über genügend finanzielle Mittel verfügte, zum Anderen hätte ich der Witwe von den Briefen erzählen müssen. Da die Polizei so kurzfristig noch gar nicht dazu gekommen war, Frau Küstnacht in Hamburg zu vernehmen, hält sie bis heute das Andenken an ihren treuen Ehemann hoch.

ENDE

Lieber Leser

Ich hoffe, der Sauerlandkrimi hat Ihnen gefallen. Wie immer ist jede Ähnlichkeit mit wirklich hier im Sauerland lebenden Personen rein zufällig. Das Schützenfest in Alex Heimatdorf Herdringen gibt es zum Glück tatsächlich. Ein Banküberfall auf einen Geldboten der Volksbankfiliale Herdringen fand tatsächlich im Oktober 2016 statt. Der, oder die Täter, sind meines Wissens nach, jedoch weiter flüchtig. Den im Buch erwähnten Golfklub, dessen Vorsitzenden und den Versuch, durch Bestechung mit Schweineohren, dort Mitglied werden zu können, habe ich natürlich frei erfunden. Ähnlichkeiten mit tatsächlich existierenden Golfklubs wären rein zufällig und nicht beabsichtigt.

Ossies und Ritchies Wettscheune und das dort stattfindende Rindsroulette werden Sie leider ebenfalls vergeblich suchen. Aber man weiß ja nie, auf was für Ideen die Leute noch kommen. Alex, Berti und Capone fläzen zurzeit sich in ihren Sesseln im Büro und warten auf neue Fälle. Gerade war Babsi da und hat mal wieder das Fenster aufgerissen...

Herzlichst, ihr Wolfgang Müller